Shinmai Sensho 信毎選書

「ちゅうくらい」という生き方

俳人一茶の思想はどこからきたか

渡邊 弘

Watanabe Hiroshi

はじめに

小林一茶は江戸後期、特に文化・文政期を中心に活躍した俳人（俳諧師）として知られている。宝暦13年から文政10年（1763～1827）にわたる生涯の間に、約2万句にもおよぶ俳句（発句）をはじめ、『おらが春』に代表される俳文、さらには俳諧歌など数多くの作品を世に残した。

一茶が世に知られるようになった背景はいくつか考えられる。門人たちによる普及があり、明治期に正岡子規などに注目されたこともある。そして最も大きな原動力になったのは、大正7年～昭和7年までの第三期国定教科書に「雀の子」と題して数句紹介されたことだろう。たとえば、現在でもよく知られている次の句である。

雀の子　そこのけ〳〵　御馬が通る
やれ打つな　蠅が手をすり　足をする
やせ蛙　負けるな一茶　是にあり

寺瀬黙山「一茶翁像」(寺瀬節夫氏蔵)

一茶はよく、松尾芭蕉や与謝蕪村と並べて比較される。それぞれの俳句の特徴を漢字一字で現すと、芭蕉の「道」、蕪村の「芸」に対して、一茶は「生」である。「生きる」や「生活」の生である。

また、求道《ぐどう》的でひたむきな句を詠む芭蕉は「求道の人」、写生的で浪漫のある句の蕪村は「粋《いき》の人」であるのに対して、一茶は社会的で境涯の句を詠み「煩悩の人」と表現される場合がある。

一茶が「煩悩の人」といわれる理由について、本書で詳しく説明していきたいと思うが、一つ言えることは、一茶の作句に対する姿勢、あるいは句と向き合うスタンスが、先の二人とは違っていたということである。

一茶にとって句を作ることはまさに生きること、つまり人生そのものであった。言い換えれば、一茶が約2万句に及ぶ句で描き出した世界とは、一茶自身の人生であり、生活の一部であったのだ。現存する句は芭蕉が約1000句、蕪村が約3000句だが、まさに一茶は2万句と圧倒的に多いわけである。

一茶は、芭蕉のように高く悟り、道を究めた人間ではなかった。むしろ、自分でも述べているように「凡夫《ぼんぷ》」「娑婆塞《しゃばふさげ》」「遊民」であり、市井の人に限りなく近く、親しみやすい存在であると考えられる。この娑婆の中で、生きるために悪戦苦闘しながら群がりうごめき、遺産相続問題を起こし、人並みの家庭を持ちたいと願い、それらを実現する俗人的な側面を多分に持っていたのが一茶である。また、一凡夫として、生きとし生けるものたちを友とし仲間として〝平らに〟見ながら、悟りきれずに素直に阿弥陀さまに身を任せようとした側面も見られる。

はかない現実の中で、同じ生あるものと共存して生きていこうと考え、それを見事に作品として表現したところに、俳諧師一茶のまさに真骨頂があると私は考えるのである。また一茶は、動物や植物など生きとし生けるもののさまざまな営みを、平易な言葉で、優しく、ユーモアの感覚をもって詠んでいる。一茶の作品には、私たちが忘れかけていた、素朴でイノセントな気持ちを思い出させてくれるような、不思議な「おらが世界」があるようにも感じる。

こうした俳句を詠んだ一茶65年の人生とは、一体どのようなものだったのだろうか。そして、どのように精神の深まりや広がりを見せていったのだろうか。

人生の晩年を、一般に〈余生〉という言葉で表現することがある。それは、あたかも赤々と燃えていた炎が次第に弱まっていく残り火のような、盛りを過ぎた残余期と考えられがちである。しかし、一茶を見た場合、むしろ晩年こそ一層円熟し、輝きを放ち、昇華してはいないか。

俳句や俳文で綴る一茶の生涯と思想から、読者の方々の心の中で忘れかけていた何かを思い出していただき、より一層充実した人生をお送りいただく一助となれば幸いである。

目　次

第三章　一茶の思想　163

第一章　一茶とその時代

第一節　文化・文政期という時代

（一）文化の爛熟と大衆化

「文化・文政期」という時代は文化史上、「化政文化」と呼ばれている。明和・安永の始動期を経て、前に寛政、後ろに天保の二つの改革期に挟まれた、約半世紀（1764～1843）という振幅でとらえられることが多い[1]。

小林一茶（1763～1827）は、まさにこの時期に生きた人間だった。一茶が生きた「文化・文政」とは、どのような特徴を持っていたのか。当時の文化的特色と庶民の文化との関わりを中心に考えてみたい。

この時期、徳川政権はすでに200年が経過し、泰平の世と呼ばれる中に幕藩体制の矛盾が露呈していた。当初、幕府が目指していたのは農業を中心とした自給自足の領国経済体制である。しかし、商業が発達し、貨幣経済が進んだことで、こうした経済体制が動揺し始めていたことが原因だろう。商業流通や参勤交代制の充実にともなって交通や通信が整備され、多様化し、開放化された情報の波はスピードを増しながら、大都市だけでなく城下町や宿場町を中心に発達していた地方にも及んでいた。

化政文化は、同じように江戸から地方に普及し、互いに融合し合いながら展開していく中で、しばしば世俗一般の民衆によってつくられた「爛熟《らんじゅく》」「頽廃《たいはい》」「凋落《ちょうらく》」の文化として特徴づけられる。なぜなら、第一にこの文化が徳川11代将軍家斉の豪華を極めた奢侈《しゃし》生活に象徴され、第二に上方を中心に目覚ましく興隆した元禄文化からするとすでに衰退期にあったという見方があり、第三には幕藩体制を立て直すための厳しい統制が人々に低俗で享楽的な生活を志向させたからである。

しかし、教育の視点から見ると、当時の人々が自らの生活を高めてよりよく生きていくために、どのように文化と関わり、享受し、伝達し、さらに創造していったかという点に注目しないわけにはいかない。大衆文化、とりわけ文学との関わりを考えると、そこには「爛熟」「頽廃」「凋落」のイメージとは対照的な、新たな光が差してくる。

この頃、人々の知的教養は高まっていた。文学はそれまで以上に大衆との関わりを持っており、大衆は自らの知的欲求を満たすために好んで読者となり、観衆となり、聴衆となった。いくつか特徴を挙げてみよう。

当時の江戸における文学の多くは、読本、洒落本、滑稽本、人情本の類で、大衆の日常生活に関連していた。彼らのさまざまな身近な出来事が風刺や滑稽や悲哀を持って書かれた。文化年間に式亭三馬が著した滑稽本の代表『浮世床』は、「浮世床」という髪結床に集まる江戸の町衆たちの生き生きとした会話を通じて社会の一断面を描いたものである。人情本は涙をさそう恋愛小説であり、広く一般の女性の読者を意識して書かれ人気を博したといわれる。こうした「江戸市民文学」は、武士と庶民との混成によるもので、大衆の需要なくしては成立しなかった。

次に、こうした大衆の読者層を相手に、さまざまな職業としての作家や師が登場したこともあるだろう。読者が満足する文学が豊富に提供されるためには、十分に時間を費やして仕事に取り組む専門の作家が登場しなければならない。新たな職業作家は、版元と専属契約や自由契約を結び、江戸の巨大な読者市場を相手に活躍した。とりわけ当時の通俗小説家である「戯作者」は、原稿料を生活の糧に大衆の好む作品を数多く書いた。戯作者になるのは決して庶民層だけでなく、武士層からも多く登場している。『南総里見八犬伝』の作者滝沢馬琴や『東海道中膝栗毛』の著者十返舎一九は武士出身である。彼らのように名声を得れば、作家の道を歩むことができた。となると、作家に憧れ、志望して師に入門し、その道を進む若者も少なくなかっただろう。ほかにも俳諧師、狂歌師、浮世絵師、狂言作家、咄家《はなしか》なども同様にプロとなり、名声を得れば、門人を取り、指導するということもあったのである。

さらに、こうした文学を楽しむ層の拡大と並行して、さまざまな文学の結社が数多く形成され、次第に独自のネットワークを展開していった。たとえば、俳諧・川柳の結社、漢詩の詩団・詩社、狂歌の連衆、さらには歌舞伎俳優のひいき連の組織などがある。特に川柳の愛好家たちは川柳を創作するために、各地域の地名などを冠した組連名を付けて集団を進んで結成。万句合《まんくあわせ》＊のために設けられた取次所に投句し、柄井川柳のように点者と呼ばれる多くの指導者に評価されながら、知的な言葉遊びを享受していた。また狂歌も、武士は山手連や四谷連など、町人は落栗連・馬喰連・数寄屋連などをそれぞれ組織し、それぞれ合作の撰集などを作っている。(2)

＊**万句合**…8月から12月まで毎月3回、選者が課題の前句（七七）の刷り物を配布して上五七五の付句を募集した中から、高点句＝勝句を美濃判紙に印刷して頒布したもの。宝暦から天明にかけて興業された。

こうした集団は、まったく個々別々のものではなく、人々は複数の集団にまたがって参加していた。次の西山松之助氏の指摘は興味深い。

吉原の公娼以外に、多くの私娼が繁栄し、歌舞伎俳優のひいき連が広範に組織された。たとえば、当時江戸の花とうたわれた五代目団十郎の後援者には、大田蜀山人を中心とする山手連、立川焉馬の率いる立川連のほかに、木材連・本町連・浅草連・五百崎連・三筋連・日吉連・芍薬連など多くの連衆があった。これらの連衆は狂歌グループであったが、狂歌にはこのほかにも歌舞伎とは無関係の連衆があった。彼らはまた、川柳点などにも応募したにちがいない。(3)

このことからも、武士・庶民を問わず、人々は個人的にも集団的にも、文学を自由闊達に広く楽しんでいたことがわかるだろう。

文学以外、文化の大衆化は芸術や芸能などにも見られる。人々は、絵師の錦絵を好んで鑑賞し、自らも南画などを描いた。度重なる幕府の弾圧にもかかわらず、歌舞伎を喜び迎え入れた。夜間興業の寄席に通い、落語・講談を聴き興じた。茶道も次第に遊芸化し、職業茶人の登場により趣味として学ぶ人々が増えた。華道でさえ、貴族的な遊芸から庶民の身近な生け花へと大衆化していった。

このように文化・文政期、人々は大都市江戸を中心に、自らの生活と密接に関連させて、文化を積極的に楽しんでいたのである。

(二) 文化の地方への広がり

江戸を中心とした大衆文化は、やがて大きなうねりとなって地方へ拡大していった。こうした文化が地方に広まるための条件が、この時期すでに整っていたといわなければならない。条件の一つ目は、地方に文化を受け入れる態勢ができていたことであり、二つ目に地方へ普及させるさまざまな手段が整備され、発達していたということである。

貨幣経済の波及にともない、地方では以前にも増して商工業が活発化し、さまざまな物品の生産や流通量が増えていた。城下町を中心に宿場町や在郷町などは参勤交代による武士や商人たち、さまざまな文人墨客などで賑わい、自ずと地方の豪農や豪商を中心とした文化交流が活発になっていた。そんな地方に中央の文化をもたらしたのは、交通・通信手段および印刷・出版の発達である。情報が質・量ともに増える傾向にあった当時、人々の関心も急速に高まっていた。文化の中心であった将軍の城下町江戸はいわば情報網の中核で、そこから広く情報ネットワークが形成されており、中央の文化も、こうした情報ネットワークの拡大によって地方に広がっていった。

情報の伝達には交通・通信手段の発達が欠かせず、すでに17世紀はじめから、東海道・中山道をはじめとする五街道が整備されてきた。これによって諸国への交通は容易になり、宿駅制や飛脚制の整備によって確実で安全になり、速さも増した。書簡を使って、都市と地方の間で頻繁な情報交換が行われていたのである。さらに、書簡のような間接的な手段だけではなく、地方を巡る文人墨客や寺社参拝の人々による直接的な情報伝達も、文化の地方拡大に大きな役割を果たした。また、印刷や出版の発達も大きな原動力となったことはまちがいない。

当時の中央の情報の爆発的な広がりの中で、地方市場を握る人々は、積極的に新しい知識や情報を獲得し、教養を身につけていこうとしていた。実際、彼らはどのように中央の文化を取り入れていたのだろうか。

第一に、中央文化を地方に広める人々が多数存在していたということである。主に国元から出てきて江戸で勤務する勤番侍、遊歴の俳諧師・講釈師・漢詩人、さらには世間師と呼ばれる町村を巡る旅の芸人や商人たちや飛脚などがそうした存在である。彼らは、地方にとって大切な情報伝達者であった。勤番侍は、江戸生活の余暇を利用して身につけた文学などの教養を自藩にもたらした。俳諧師・講釈師・漢詩人らは、地方で一種の教養サロンを開いて人々を指導しながら、さまざまな情報を提供した。人々は好んでその場に足を運んで、軍談や講釈を聞いて感銘し、生活の糧としたのだろう。芸人や商人なども、中央で流行っている芸能などをいち早く知らせていたにちがいない。地方を生涯の生活の地としていた人々にとっては、中央からもたらされる情報や知識は、生活を支える一つの重要な活力源であった。だからこそ、経済的に余裕のある豪農・豪商などは彼らを温かく迎え入れ、長期滞在も厭わなかったのである。

第二は、出版物である。この時期になると江戸でも書物問屋（学問書など中心）

や地本問屋（戯作本などを中心）の数がかなり増えていた。しかし、庶民にとって本はかなり高価だったので、彼らの知的欲求を満たすために貢献していたのが貸本屋である。当時の貸本屋は店頭営業というより、10日ごとに読者を巡回するのが一般的だったようで、行商の貸本屋が数十冊の本を背負ってお得意さんを定期的に回っていた。読者は安い〝見料〟を先払いし、一定期間借りて読む。当時、こうした貸本屋が地方にも本格的に見られるようになっていて、積極的に貸本を読んでは教養を高めていた。貸本屋の本の多くはルビ付きの読本で、漢字が読めない人でさえも本に親しめたのである。

第三は、書簡の利用である。書簡は歴史上、「消息」や「往来」などの名称で、古くから人々の生活と密接な関係を持ってきた。それがこの時期、成熟した飛脚制度によっていっそう頻繁に利用され、重要さを増していた。18世紀末頃から、飛脚は三都（江戸・大坂・京都）を軸に発展し、幕府が展開する地方支配や地方の商工業の発達などと連動して広がった。飛脚の役割は郵便業と運送業を合体したようなもので、人々は飛脚に書簡を託し、安否の確認、お礼、注文依頼などのほか、情報の伝達や学習手段としても大いに利用していた。特に書簡を利用した通信添削は、希望する師について直接学ぶことができない地方の人々にとって何にも代えがたい重要な学習手段であった。

第四は、学習機関の利用である。支配階級としての使命を自覚し、時代に合わせた諸政策を忠実に計画実行できる武士を養成するために、全国に公的な学習機関である藩校が整備されていった一方で、地方の産業化・商業化にともなって人々が生活に必要な知識を得られるようにと、私的な寺子屋や私塾も増加していた。このようにさまざまな学習機関が増えたのは、武士・庶民を問わず、社会全体で学習欲求が高まり、組織的な学習が必要になってきたことを意味する。特に地方に寺子屋が急増した背景には、民衆にとって読み書きが不可欠になったことがある。それまで文字文化に縁遠かった民衆も、契約書をかわしたり計算したり、文章を読んだりすることが日常生活と密接なつながりを持ってきたのである。

地方の教養人と呼ばれる豪農・豪商の隠居者、浪人、神官、僧侶、医師といった人々が寺子屋を設け、自ら師匠となり読み書きなどを指導した。農村などでは、農繁期は行かず、農閑期、特に冬場を利用して寺子屋に通うところもあった。さらに、幕藩に仕えなかった知識人が任意に設けた私塾は、文化・文政期以降、幕末を頂点として各地につくられ、原則として、所属の学派・流派を表看板に掲げていた。寺子屋の学問以上のものを学習したいという希望を持った庶民はこの私塾に通った。私塾には、漢学塾・洋学塾・蘭学塾・筆道塾・算学塾など数多くあり、人々は自分の関心に応じて自由に塾を選び、学ぶことができた。たとえば、九州日田の漢学塾咸宜《かんぎ》園の創始者広瀬淡窓も青年時代、福岡の亀井南冥の亀井塾の門を叩き、後に自ら咸宜園を設立、向学に燃える青年たちが集まって、地方における一つの文化センターを形成した。このような私塾は全国に数多くできており、次第に私塾間のネットワークも整って、地方における文化の発達に多大の役割を果たした。

以上のように地方でも、師、書物、書簡、学習機関などさまざまな手段によって中央の文化を取り入れ、自ら学んでいた。そこには、受け身の学びではなく、自らの素地を耕すという意味で「修養」「養生」などが自覚されていたものと考えられる。

(二) 俳諧の大衆化

文化が大衆化し、地方へ広がっていく中で、もっとも大衆に受け入れられたものの一つが俳諧であった。ここで、当時の俳諧の事情をおよび大衆化についても述べておきたい。

文化・文政期の俳壇の中心は、京都・大坂から江戸へと移っていた。元禄時代(17世紀後半)の俳人松尾芭蕉以降、俳壇の低俗化・堕落化が批判され、再び芭蕉の精神への回帰が叫ばれると、与謝蕪村を中心に、浪漫的・耽美的・抒情的な作風を提唱した「中興俳諧」期を迎える。これが再び衰退した後を受けて、俳諧はより現実的・世俗的となり、内容的にも俗談平話・滑稽化が進んだ一方で、他方で以前にも増して芭蕉精神の回復を求めた現状批判が高まっていた。俳諧の流派が分立し、社中の中に留まって「井の中の蛙」的傾向も強まった。単に表面的に上品さをつくろうとする、いわゆる「見せかけの風雅」の傾向もあった。こうしたことから、この時期の俳諧は全体的に卑俗・低俗化したといわれる。

しかし、俳諧を楽しむようになった庶民層に目を転じてみると、興味深い現象が数多くある。まさに俳諧の大衆化と呼べる傾向である。

まずは、俳諧の地域的な広がりである。庶民の恰好の嗜《たしな》みとしての俳諧が、全国的に普及したこの時期、特に顕著なのは、江戸を中心にしていた俳諧圏が東北地方に大きく広がって、代表的な俳人も東北から多く出ている点である。代表的なのは鈴木道彦と岩間乙二《おつに》であろう。鈴木はもと仙台藩医の家に生まれ、30歳を過ぎた天明の末頃に江戸に赴き医師を開業。信州上田藩士の家に生まれ、関東一円と信州、奥羽、伊勢などに勢力を広げていた加舎白雄《かやしらお》の春秋庵の門を叩き、やがて江戸俳諧の中心的存在となって活躍した。岩間は東北白石城主片倉氏の祈願所、修験道千住院の院主で、俳諧はもっぱら父に学び、江戸で著名な俳人と交流しながら独学でその地位を築いた後、東北に戻り、風土の特色を大いに詠んだ。

俳諧の地方普及に貢献した中で、美濃派は、蕉門の一人である支考を中心に俳諧の平易さを民衆に説きながら農村を中心に活動した集団である。また伊勢派は、伊勢神宮の御師《おし》（祈祷専門の神官）だった涼兎《りょうと》・乙由《おつゆ》を中心とした伊勢芭蕉と呼ばれる俳団で、伊勢一円はもとより北陸方面まで地方を中心に俳諧指導にあたった。

清水孝之氏は、美濃派を中心にそうした状況を次のように指摘している。

美濃派は、農村地帯を主とする後進地を根気よく歩き回って勢力の維持につとめた。現今のように特定俳人を招くゆとりはないから、定期便のように訪れる富山の薬売りと美濃派宗匠とは歓迎される。談笑のうちにも式作法に従った連句一巻の指導は、素朴な田舎人にとって、何よりのレクリエーションであった。指導料と草鞋《わらじ》代は各地の同信の負担であり、選集を刊行すれば、もちろん入集料は個人別に割り当てられたのである。そういう方式は何も美濃派宗匠に限るわけではない。娯楽機関が皆無で、交通不自由の時代だから、俳諧は農閑期の娯楽として、それこそ全国津々浦々へ広がっていった。(4)

次の興味深い現象は、大衆向きの俳諧関係書が著しく増えたことである。俳壇全体の芭蕉への関心の高まりに合わせて芭蕉と蕉門の作品集や研究書などが刊行されたほか、歳時記なども次第に出版されるようになって、大衆も身近に手に取れるようになった。さらに『万家人名録』（１８１３刊）のような全国の俳人の姓名・住所・別号を記した年鑑的な資料も編纂され、俳諧の全国的なネットワークも一般に把握されるようになっていった。こうした出版物の増大の反面、刊行された書物の質的低下を批判する声もあった。現に一茶は、自ら校合した『芭蕉葉ぶね』*（1816刊）という書物で、次のように批判している。

近ごろ俳門の徒にもあらず、もとより芭蕉正風の妙所などわきまふべくもあらぬ輩、みだりに俳論をかきちらし、いかめしく梓にものし、名利をむさぼるありと見ゆ。こはけしからぬ事なり。俗書なればいふに足らずとはいへども、初輩のまどいを起こす事にて、わづらはしきのはじめなり。初学の輩其心を得て、蕉門中に聞もなれぬ輩の著述とあらば、まず師に鑑定を受けてのち信用し給ひて可也。(5)

この文章から、当時いかに俳諧関係の書物が多く出版されており、同時に信用できない書物も多く出回っていたことがうかがえる。初めて俳諧を学ぶものにとって、どの師につき、どの俳諧書を読んだらいいのかは、師も書物も豊富なだけにかえっ

＊**芭蕉葉ぶね**…田川鶯笠《おうりゅう》（鳳朗）の草稿を下総臼井（佐倉市）の門人広陵が書肆（書店）にはかり、芭蕉翁の正風理解を改めるために出版された一種の俳諧集。大部分は鶯笠がまとめたのだろうが、一茶は「一茶坊校合」を入れることを承認。当時の一茶と鶯笠との親交ぶりからしても、一茶が鶯笠の考えに少なからず共鳴していたことは確かである。

て難しかったといえるかもしれない。こうした書物以外にも当時は、さまざまなところから出される俳諧番付なども流行しており、こんなところにも俳諧が大衆化していた一面がうかがえる。

第三の現象は、「月並俳諧」の流行である。これは不特定多数の大衆を相手とする、定期的ないしは臨時懸賞募集句（月並句合）である。一般投句者を対象に、毎月定例の催し、あるいは社寺への奉燈・奉額などの名目で行われ、宗匠が出したお題に対して締め切り日までに投句すると、高点句には景品がもらえるほか、入選句は小冊子に印刷して返送される。投句料も安く、だれでも手軽に応募できたし、奉額句合の入選句の入選者になれば、神社の掲額にその名と作品が記録されたため、江戸を中心に広く大衆の娯楽として強い支持を受けた。

こうした三つの現象以外にも、たとえば『奥の細道』をたどる行脚の流行なども俳諧の大衆化の一つの現象だろう。

一茶が生きた文化・文政期について、特に文化の大衆化を中心に述べてきたが、まず気づくのは民衆がいかに逞しく、文化に参加してきたかということである。江戸の都市文化が地方に広がっていったのは、民衆が文化の担い手となり、積極的に学ぶために、さまざまなネットワークを自主的に作り上げ、文化的交流を活発に展開し、得た文化をさらに創造しながら大いに楽しんだからである。この時期は享楽的、頽廃的であった以上に、まさに人間のもっとも根源的ともいうべき、よりよく生きようとする一人ひとりの働きが、力強くしたたかに発揮されていた時代であったといわなければならない。

こうした時代の中で、一茶は信州柏原に生まれ育ち、やがて江戸で本格的な俳諧師を志し、その道を歩んでいくことになる。

注

（1）林屋辰三郎編『化政文化の研究』岩波書店、1976年、19頁

（2）中村幸彦・西山松之助編『日本文学の歴史8文化繚乱』角川書店、1967年、157〜158頁

（3）同前書、20〜21頁

（4）同前書、250〜251頁

（5）信濃教育会編『一茶全集（別巻）』信濃毎日新聞社、1976年、289〜290頁

第二節　信州柏原の風土と四季

下々も下々　下々の下国の　涼しさよ　　（『七番日記』文化10年）51歳
我里は　どうかすんでも　いびつ也　　（『七番日記』文化11年）52歳

これらの句は小林一茶が郷里に定住し始めた時、つまり51歳、52歳の時の句で、自分を育んでくれた郷里を詠んだものである。「下々」の句は、『七番日記』以外『志度良《しだら》』という作品にも収められていて、その前書きに「奥信濃に浴《ゆあみ》して」と前書きがある。

一茶は定住後の晩年、長沼（現長野市長沼）の門人たちに送った書簡の中で、郷里柏原（現上水内郡信濃町柏原）を、「下々の下国の信濃もしなの、おくしなのの片すみ、黒姫山の麓なるおのれ住《すめ》る里」(1)（『俳諧寺記』文政3年）と記している。なお、この『俳諧寺記』は一茶の傑作とされ、奥信濃の冬ごもりの生活を活写した俳文として評価されている。

「下々の下国」とはどういうことだろうか。江戸住まいを長年経験した一茶が、自身の故郷の自然や生活を自虐的に表現したように見える。しかし、別な見方をすれば、都会への反発を持っていた一茶が、都会では味わえないよさを「浴」して「涼しさ」と表現した、むしろ故郷への愛着が感じられる。春霞ではっきりとは見えないものの、やっぱり故郷の黒姫山は「いびつ」であり、里も同じように「いびつ」にしか見えない。この表現も自虐的でありながら、どこかユーモラスにも感じられる。

弥太郎（一茶の本名）を育み、晩年には一茶独特の世界を大きく開花させた、「下々の下国」で「いびつ」な郷里柏原。どんなところだったのだろうか。

木がらしや　となりといふも　越後山　（『八番日記』文政2年）57歳

ＪＲ長野駅からしなの鉄道北しなの線で30分ほど行くと、長野県北端の黒姫駅（元柏原駅昭和43年10月1日改名）があり、次の駅は新潟県妙高高原駅である。周囲には「北信五岳」といわれる標高２４５４メートルの妙高山、２０５３メートル黒姫山、１９０４メートルの戸隠山、１９１７メートルの飯縄山、そして１３８２メートルの斑尾山が連なっており、特に妙高、黒姫、飯縄は富士火山系北限の三山として有名である。

柏原は黒姫山の麓、標高６７６・２メートルの場所に、山々に抱き包まれるようにある。北東にはナウマンゾウの化石や避暑地でも有名な野尻湖があり、四季を通して多くの人々がこの地を訪れる。

この地域は、風土気候として二つの特色を持つ。一つは日本でも有数の豪雪地帯としての冬の陰鬱な気候、もう一つは澄んだ空気とまぶしい陽光が溢れる高原地帯としての夏のさわやかな気候である。一茶はこの二つの風土によって育まれ、包まれたからこそ、彼独特の句の世界が生まれたといってもよいだろう。

はつ雪を　いまいましいと　夕哉《いふべ》　　　　　　（『七番日記』文化７年）48歳

柏原は10月中旬から下旬にかけて初雪が降り、冬が早く訪れる。私が36年前の10

月末に初めて柏原を訪れた時、どんよりと曇っていて夕方から雪が降り始め、地元の人によるとその年の初雪だということだった。次の日の朝には、もうかなり積もっていたのを記憶している。

地元の一茶研究家で俳人でもあり、私自身も大変お世話になった清水哲氏の『一茶のふるさと』に次のような記述がある。

北国街道を北にさかのぼり、信州と越後の境に近い柏原の宿にある。この柏原の四季のうち約半年は雪に埋もれた厳しい自然とのたたかいである。明るい春の日ざしを待ちわびる心は、雪国に生まれた者でなければわからない。（中略）北の妙高と黒姫の山あいの辺りで、夜ゴーと雪崩（なだれ）のような、雪おろしを聞くことがある。その雪おろしが鳴ると、必ずといってよいほど、雪降りとなる。(2)

雪はしんしんと降り、一晩で90センチ以上になることもあるという。

はつ雪や　といへば直《すぐ》に　三四尺　（『七番日記』文化10年）51歳

我村は　ぼた〳〵雪の　ひがん哉　（『七番日記』文政元年）56歳

一尺は約30センチであるから、「三四尺」は90センチから１２０センチになる。本格的な雪は1月と2月だ。当地の人たちにとって、雪は必ずしも花鳥風月的な愛でる対象としてではなく、むしろ迷惑なもの、〝いまいましい〟対象であったことはいうまでもない。だが、一茶の雪の句を見ると必ずしも憎むだけではなく、いわば「くされ縁」のような対象ではなかったか。たとえば、次のような句がある。

ぬく〳〵と　雪にくるまる　小家哉　（自筆本）51歳

おなじくば　汚れぬ先に　とけよ雪　（『七番日記』文化12年）53歳

邪魔にすな　とてもかくても　消る雪　（『文政句帖』文政5年）60歳

「ぬく〳〵」という表現には、どこか温かさを感じる。「汚れぬ先にとけなさい」と忠告しているようであり、また「邪魔にするな」とは擬人化しながら雪の立場で思いやったりしている。つまり、ある時は雪と共に生き、ある時は雪の立場になって考える一茶が、ここにはいる。

雪は、彼岸の頃（春分の日、3月21日）まで降る。

雪とけて　村一ぱいの　子ども哉　（『七番日記』文化11年）52歳

菜よ梅よ　蝶がてんく　舞をする　（『七番日記』文化11年）52歳

山々にまだ雪が残っているものの、5月になると、野の植物も動物も春の日差しを受けていっせいに息を吹き返してくる。人間の子どもも蝶も菜の花も梅もすべて、閉ざされた冬の雪の中から開放されていく。

「雪とけて」の句は、いかにも子どもたちが雪から開放されている様子がよく現れている。柏原は春の訪れが遅く、いつまでも解けずに根雪が残っている。しかしその雪も解け、明るく開放的な春が訪れると、今まで家の中にいることが多かった子どもたちが外に出て元気に遊ぶ。北信濃の山々に響きわたる元気な声が聞こえてくるようだ。一茶52歳の時の句である。

門前や　子どもの作る　雪げ川　　　　　　（『八番日記』文政2年）57歳

陽春の折、子どもたちは門前に積もっていた雪を解かし、川に流して遊んでいるのだろうか。「雪げ」とは、「雪消」「雪解」と書き、雪解けや雪が解けて生じた水のことである。長い冬は、子どもたちの賑やかな陽気さと明るく暖かな春の陽気とで、清純な雪解け水の流れとなって消えていく。いのちの動き出しを感じさせてくれる句である。

蟻の道　雲の峰より　つづきけん*　　　　（『おらが春』文政2年）57歳
戸隠の　家根から落ちる　清水かな　　　　（『文政句帖』文政8年）63歳

やがて北信濃に短い夏がやってくると、雪に閉ざされた陰鬱な冬の雰囲気とは対照的に、明るく開放的な雰囲気が辺り一帯に漂う。

「雲の峰」とは、山の峰のようにそびえ立っている積雲（入道雲）のことである。青い空と白い入道雲、その中から、まるでぞくぞくと列を作って出てくるような黒

＊「八番日記」では「つづきけり」

い蟻たち。一茶の奇抜な描写法もさることながら、まるで生きているように動く入道雲から、小さないのちが次々と生まれ出てくるように感じられる。

「戸隠」は古くから、急峻な戸隠山の山容と裾野に広がる豊かな水が農耕民に仰がれ、この水をつかさどる神が住むと崇められてきた場所である。修験者のメッカとして栄えた名残が戸隠神社（奥社）や宿坊に見られ、古き御神楽の数々が献奏される。現在でも、毎年春から秋にかけて全国から多くの講仲間が訪れる場所でもある。

のらくらに　寒《さむさ》をしゆる　芒哉　（『七番日記』文化10年）51歳

山畠や　そばの白さも　ぞつとする　（『文政句帖』文政7年）62歳

夏が終わり秋の収穫時期となると、山々も競い合うように色づき、ススキの穂が道々になびきだし、蕎麦の花の白さが雪のそれを想像させる。「のらくら」というススキの揺れ方が、じわじわと寒さがやってくる時間的印象を効果的に表現している。また、一茶にとって「赤」がいのちの躍動の象徴であるとすれば、「白」は死の象徴であったといってよい。つまり、陽としての「赤」と陰としての「白」ということである。白を代表するのが「そばの白」であり、一茶の句に「痩山に　ぱっと咲きけり　そばの花」(『文化句帖』文化元年56歳）という句もある。

秋が終わると、土地の肥沃でない辺り一面に、〝ぱっと〟白い蕎麦の花が咲く。花はふつう心を明るく、和ませてくれるものだが、白い蕎麦の花は晩年の一茶にとって、やがて訪れる長くて暗い冬の使者のようなものであり、まさに「ぞっと」する対象だったのだろう。

やがて、季節は再び長い冬へと巡っていく。こうした自然の循環に合わせて、土地の人々の生活も営まれていく。一茶を育み、一茶の句を生み出した背景として、こうした自然環境は決して見逃せない重要な点であるといえる。

注
(1) 信濃教育会編『一茶全集（第六巻)』信濃毎日新聞社、1976年、390頁
(2) 清水哲『一茶のふるさと』信濃路、1972年、11頁〜30頁

第三節　当時の柏原の生活

つゆ晴や　佐渡の御金が　通るとて　（『七番日記』文化13年）54歳
加賀どのの　御先をついと　雉《きぎす》哉　（『七番日記』文政元年）56歳

柏原は北国街道（別名加賀街道）の宿であった。弥太郎が生まれた頃は天領（幕府領）であり、それ以前は飯山藩領だった。江戸時代、正式には水内郡西柏原村といい、一茶の頃の柏原は約１５０戸で人口約７００前後だったといわれている。

北国街道は江戸と佐渡とを結ぶ街道であり、信濃追分で中山道（木曾街道）と分かれ、小諸、上田、戸倉、善光寺、新町、牟礼、大古間、柏原、野尻、そして直江津（黒井）に続き北陸街道に入る。ここは、佐渡の金の運搬はもとより、高田飛脚や加賀飛脚などの定飛脚が往来し、越後と信濃との物資交流の中継地としても栄えた。当時は飛脚にもいろいろな種類があり、たとえば高田飛脚は江戸と越後・高田の間の地方飛脚で、1カ月に2回ずつ定期的に出ていた。一茶の『急逓記』（寛政10年〜文化10年の一茶の発来信の控え）にも高田飛脚の名前が見られる。とりわけ当時は信濃の塩流通路として重要な役割を果たしていたといわれている。(1)

この道は加賀侯の参勤交代の道でもあり、大名や役人や宮家などが宿泊する本陣を構え、となりの大古間と半月交代で宿役《しゅくやく》（宿役人。宿駅で問屋場を管理し、主として人馬の継ぎ立てをつかさどった）を務め、宿駅伝馬継立ての問屋場として、交通上の賑わいを見せていたようである。こうした柏原の様子を、郷土史家で機関誌『長野』を長年編集した小林計一郎氏は次のように述べた。

文政四年（一茶十九歳）当時、この柏原宿には、旅籠屋が十軒・酒造屋二・穀屋二・小間物屋二・茶屋四・農鍛冶一などがあった。柏原の鎮守諏訪大明神の祭日には、七月二十五日から八月二日まで、祭市が開かれ、善光寺町はじめ、近郷から商人が集まった。そのとき馬市も開かれた。またその境内で江戸歌舞伎や草角力なども催された。本陣中村家には、旅の俳人などが宿泊していることもあった。（中略）このように、柏原はこの地方の小中心地であり、けっし

て寒村ではなかった。(2)

一茶の句日記にも、たとえば「諏訪社ニ軍書談始」「舞台始」「夜ヨマセ狂言」「近江源氏ト云カブキ一見」といったメモが見られる。しかし、〝小中心地〟としての柏原の当時の生活は、決して楽なものではなかったようだ。火山灰地であり、水田は少なく3分の2は畑であり、そこで育つものも稗《ひえ》、粟、大根、蕎麦といった類だった。一茶は、柏原の1年の生活を、田畑に従事する半年と雪に埋もれた冬ごもりの半年を対照的に記している。

春さり来れば、はた農作の介《たすけ》と成《なり》て、昼は日終《ひすがら》、菜つみ、草かり、馬の口とり*て、夜は夜すがら、窓の下の月の明りに沓打《くつうち》、わらじ作りて、文まなぶのいとまもなかりけり。**(3)

これは、『父の終焉日記』の別記に、自分の幼い頃を思い出して書いたもので、農繁期の忙しい時期は、おそらく子どもたちも大切な労働力として駆り出されてい

＊**馬の口とり**…牛馬のくつわを取って引くこと。
＊＊**文まなぶいとまなかりけり**…当時の農村では子どもも労働力として駆り出されて、近所の寺子屋で学べるのは農閑期だけであったようだ。

たと推測される。冒頭で紹介した『俳諧寺記』という、晩年の一茶が門人に送った書簡の一節にも次のようにある。

三四尺も積もりぬれば、牛馬のゆきゝはばたりと止りて、雪車《そり》のはや緒の手ばやくとしもくれは鳥、あやしき菰《こも》にて家の四方をくるみ廻せば、忽常闇《たちまちとこやみ》の世界とはなれりけり。昼も灯《あかり》にて糸くり縄なひ、老たるは日夜ほた火にかぢりつくからに、手足はけぶり黒み、髭《ひげ》は尖《とが》り、目は光りて、さながらあすら（阿修羅）の躰相《ていそう》（様子の意）にひとしく、餓顔《うえがお》したるもの貰ひ、蚤とりまなこの掛《かけ》乞《こい》のたぐひ、わらぢながらいろりにふみ込み、金は歯にあてて真偽をさとり、葱《ねぎ》は竈《かまど》に植《うわ》りて青葉を吹く。都《すべ》て暖国のてぶり（ならわしや風習の意）とはことかはりて、さらに化物小屋のありさま也けり。(4)

ここには、当時の柏原の冬の世界が、きわめて写実的に描き出されており、不気味にも感じられる。こうした生活環境が、後の一茶の創作活動に多大な影響を及ぼしてきた。むしろ、一茶はこうした中で育ったことを逆手に取り、特に晩年郷里に定住した後には、句作の原動力としていったとも考えられる。

椋鳥と　人に呼ばるゝ　寒さ哉　（『八番日記』文政2年）57歳

出代りや　江戸を見おろす　碓氷山　（『文政句帖』文政6年）61歳

一茶の時代、一定期間出稼ぎに出る人も多く見られた。半年程度江戸などに出て働き、年季が切れて再び郷里に戻っても交代することを、「出代り」と呼んでいた。これは俳句の季語ともなり、当時の社会現象でもあった。特にそうした出稼ぎ者を、江戸の人は「椋鳥」*と呼んで軽蔑もしていた。一茶も晩年、この出代りの句をたくさん詠んでいる。幼い子どもが出代りに出る光景を眺めて、一茶は少年時代に江戸を目指して故郷を離れた自分自身を投影していたのかもしれない。

＊**椋鳥**…両方の翼に黒と白の斑があり、頭のてっぺんは少し白い。小鳩ほどの大きさの野暮ったい鳥で、群れをなしているのがいかにも都会に上ってきた田舎者に似ている。椋の実を好んで食べるのでこの名が付いたとされる。

注

（1）葉山禎作編『日本の近世4生産技術』中央公論社、1992年、316〜322頁
（2）小林計一郎『小林一茶』吉川弘文館、1961年、5〜6頁
（3）信濃教育会編『一茶全集（第五巻）』信濃毎日新聞社、1978年、86頁
（4）信濃教育会編『一茶全集（第六巻）』信濃毎日新聞社、1976年、390頁

第二章　一茶の生涯

第一節　幼き日

一茶（弥太郎）は宝暦13年（１７６３）５月５日、父弥五兵衛（当時31歳）と母くに（年齢不明）の長男として、母の実家である柏原村二の倉（現上水内郡信濃町仁之倉）で産声を上げた。

郷土史家の小林計一郎氏によれば、当時一茶の家は、柏原の小林マキ（一茶が小林党と呼ぶ同族団。柏原で最多の姓は中村、小林、若月の三つ）の一家であった。近世初頭頃、柏原宿に住みついた農民が何回か分家した平凡な農家で、北国街道に面した一軒前*の伝馬《てんま》屋敷をかまえていた。田畑６石５升を所有する中程度の本百姓**で、柏原の本百姓１３８戸中47番目だったらしい(1)。

ちなみに「伝馬」とは、宿駅間を往復して貨物や旅客を運ぶ馬のことで、伝馬屋敷はその役負担者に代償として与えられた。一茶の家も、この伝馬屋敷をかまえる本百姓であり、父弥五兵衛は持馬を使い、許可札を受けて駄賃稼ぎをしていた。

＊**一軒前**…江戸時代、村落の構成単位となる家。

＊＊**本百姓**…江戸時代、検地帳に登録された田畑・屋敷を所持し、年貢・諸役を負担する義務のほか、農耕のための用水権、林野入会権などを持つ農民。水呑百姓・無高百姓に対する呼称で、近世村落の基盤をなす農民層。

3歳の時、一茶（弥太郎）に最初の大きな不幸がおとずれる。母くにの死だった。一茶は後年、「老婆祖母三三年忌逮夜有」として、次のように回顧している。

おのれ三才の時、母おやは身まかりぬ。老婆不便《ふびん》がりて、むつきの汚《けが》らはしきものいとはず、明暮背に負ひ懐《ふところ》に抱きて、人に腰を曲げて乳を貰ひ、又首《かうべ》を下《さげ》て薬を乞ひつゝ育《そだて》けるに、竹の子のうき節茂き世の中も知らで、づか〳〵伸ける。(2)

ここに登場する「老婆」とは、祖母のかなだろう。母の死後、弥太郎の面倒はおもに祖母かながみていた。一茶はまた次のようにも記している。

『親のない子はどこでも知れる、爪《つめ》を啌《くわ》へて門に立』と子どもらに唄はるるも心細く、大かたの人交《まじは》りもせずして、うらの畠に木・萱など積たる片陰に踞《かがま》りて、長の日をくらしぬ。我身ながらも哀也けり。(3)（『おらが春』*** より）

＊＊＊『**おらが春**』…文政２年（1819）57歳の１年間を中心とした手記で、一茶の代表作。発句、連句、俳諧歌、俳文を収めた日記体句文集。生前は刊行の機会がなく、没後25年、北信濃の門人山岸梅塵の子、白井一之《いっし》によって、嘉永５年（1852）に初刊行。初版以来大正期に至るまで版を重ね、一茶の名を近代に復活させる契機となった。もともと原題がなく、一之が巻頭句の一部から命名。

8歳の時、継母さつが倉井村（現在上水内郡三水村倉井）から後添として来た。さつは働き者でしっかり者だったようで、はじめの頃は弥太郎をかわいがっていたようだが、10歳の時、弟の仙六（専六）が生まれると弥太郎に対する態度が変わっていった。弥太郎は継子《ままっこ》となり、弟仙六の抱守《だきも》りとして終日すごした。晩年、一茶はその頃を想起して「継子」の句を多く詠んでいる。

ままっ子や　涼み仕事に　わらたたき　（『八番日記』文政2年）57歳

ままっ子や　灰にイロハの　寒ならひ　（『文政句帖』文政5年）60歳

14歳になった安永5年（1776）8月14日、頼りとしていた祖母かなが66歳で他界。弥太郎（一茶）の悲しみはさぞ深かったにちがいない。このことについて、一茶は次のように記している。

安永五年八月十四日、杖柱《つえばしら》とたのみし老婆、黄泉《よみ》の人と成り消《きえ》たまふ。有為転変、*会者定離**は、生あるもののならひにしあれど、我身にとりては、闇夜に

＊**有為転変**…絶えず生滅して無常の世の中であるということ。
＊＊**会者定離**…この世は無常で、会うものは必ず離れる運命にあるということ。

灯《ともしび》失へる心ちして、酒に酔へるがごとく、虚舟《きょしう》に浮《うか》めるがごとし。(4)（『父の終焉日記』＊＊＊より）

弥太郎と継母さつの折り合いが次第に悪くなるのを憂いた父弥五兵衛は、弥太郎を思いやり、このまま家にいさせるのではなく、一度故郷から出した方がよいのではと考えた。弥太郎15歳の時、彼を江戸へ奉公に出すことに決める。

抑《そもそも》、汝は三歳の時より母に後《おく》れ、やゝ長《たけ》なりにつけても、後《のち》の母の中むつまじからず。日〴〵に魂《たましい》をいため、夜〱に心火《しんか》をもやし、心のやすき時はなかりき。ふとおもひけるやうに、一所《いっしょ》にありなばいつ迄もかくありなん、一度古郷はなしたらば、はた、したはしき事もやあるべきと、十四歳（実は十五歳）と云《いふ》春、はろ〴〵の江戸へ赴ぶかせたりき。(5)

これを読むと、父親が長男である一茶を江戸に出すことを必ずしも望んでいたようには読みとれない。むしろ父親への一茶の配慮がうかがえる。しかし、その背景

＊＊＊『父の終焉日記』…享和元年（1801）39歳の時、父が倒れた同年4月23日から5月21日の臨終を経て、28日の初七日に至る三十余日間の経緯が詳しい。瀕死の老父をめぐる醜くも痛ましい継母や義弟との骨肉の争いが赤裸々に描かれている作品。大正期に長野県で編纂された『国文読本』には「父の臨終」という題名で教材にもなった。

には、継母・弟との遺産相続の問題があり、一茶の思惑もあるから、直接的に読みとってよいかは難しいところである。

ここでもう一つ考えておかなければならないのは、江戸に出るまで一茶（弥太郎）が俳諧をどのように学んでいたのかということである。

一茶が出郷するまでの間、郷里柏原でどのように学んでいたのかに関係する史料はない。そのため、真偽のほどは明らかではないが、現在ではいくつかの説がある。一つは、柏原宿の本陣・問屋中村六左衛門利為（寛政2年70歳で没）が新甫と号し、家塾を開いて近所の子どもたちを教えており、一茶も新甫によって読み書きの手ほどきを受けていたのではないか。もう一つは、一茶13歳の時、長月庵若翁（桃国）という俳人が柏原の明専寺《みょうせんじ》（小林家の菩提寺）に滞在して、村人に俳諧を指導したと、赤渋（柏原の新田）雲龍寺にある長月庵若翁の碑の銘（明治29年の建立）にあり、一茶も若翁について学んだのではないかということである。

いずれも明確な記録がないため具体的なことはわからないが、ともかく一茶の時代、すなわち18世紀初頭から中期頃、参勤交代や貨幣経済の発達などを背景に交通

＊長月庵若翁…本姓は堤。もと肥前（現在の長崎県）大村の藩士。諸国をめぐり、文化7年（1810）には伊賀（三重県）上野の芭蕉塚を再興し、晩年また柏原に来て、文化11年12月8日に80歳（一茶は52歳）で本陣中村家において客死した。

網が広がり、必然的に読み・書き・算などの能力が要求されて寺子屋などの学習機関が急速に増加してくる。

ちなみに、「寺子屋」は「寺子」の通う家を意味し、特に近世前期から商業が盛んになった上方筋、とりわけ大坂の都市から起こったといわれる。関西地方から起こった「寺子屋」の呼称は、次第に全国に波及した。寺子屋が急激に増加するのは一茶の青年期、つまり天明期・寛政期から町人階級の勢力が大きく向上した頃で、中央集権主義に向かって日本の政治勢力が傾斜していき、庶民教育への幕府の関心がようやく高まってきていた。

なお、江戸後期の北信濃では、本百姓は読み書きができるのが普通であった。この地方に普及した「年番付役人制」や「記名投票」（代筆禁止）は庶民教育のあらわれである。明治16年の文部省の調査によれば、信濃は全国でも寺子屋の開設数では全国第1位。一茶の郷里柏原の厳しい生活環境の中でも、村の子どもたちは13、14歳頃まで、生活に必要な読み書きを近くの寺子屋に通って学んでいた。一茶自身も、本陣の中村家や菩提寺である明専寺などで読み書きを習っていたらしい。

先にも述べたように、当時この村では、子どもは労働力として重要であったから、農閑期の雪に閉ざされた冬季に家庭や寺子屋などで学んでいたのだろう。一茶の句にも、幼い頃を思い出してか、「手習い」を詠んだものが数多く見られる。次はその一例である。

雪の日や　字を書き習ふ　盆の灰　（『七番日記』文化14年）55歳
はつ雪や　いろはにほへと　習声　（『七番日記』文政元年）56歳
イロハニホヘトヲ　習ふ　いろり哉　（『文政句帖』文政5年）60歳

雪国のいろりは、体を暖める場所、食事をする場所だけではなく、仕事場でもあり、子どもたちにとっては学習の場所でもあった。一茶の句に、

ままつ子や　灰にイロハの　寒ならひ　（『文政句帖』文政5年）60歳

という句がある。子どもたちが冬ごもりの間、父親などから、あるいは自分で、黒板がわりに盆に灰を入れたいわゆる「灰書」を使って、イロハなどを学んでいたの

だろう。次のような句もある。

なまけるな　いろはにほへと　散る桜　（『七番日記』文政元年）56歳

現代の学習塾の標語として掲げられても、おかしくないような句である。「いろはにほへと」は「手習い」だろう。一茶の句には、子どもたちの手習いを詠んだ句は多く、特に冬のものが多い。農繁期である春は、子どもたちも労働力として田畑にかり出されることが多かっただろう。信州柏原の風土と四季でも紹介したが、一茶も『父の終焉日記』の中で、春の忙しい様子を次のように書いている。

春さり来れば、はた農作の介《たすけ》と成《なり》て、昼は日終《ひすがら》、菜つみ、草かり、馬の口とりて、夜は夜すがら、窓の下の月の明りに沓打《くつうち》、わらぢ作りて、文《ふみ》まなぶのいとまもなかりけり。(6)

いろいろと忙しい春、「文まなぶいとま」がない中で、雨でも降れば寺子屋に行って手習いすることがあったのだろう。一茶もつい「大切な時間だからなまけないでがんばるんだよ」と言いたかったのかもしれない。ところで、今でも大学受験に失敗した時など「桜散る」というが、一茶の時も「桜散る」ということがあったのだろうか。

書賃《かきちん》の　蜜柑《みかん》みいくく　吉書《きつしょ》かな　（『八番日記』文政2年）57歳

「吉書」は「筆始め」すなわち「書初め」のことで、古くは元日に行われた。「さあおとなしく書初めをなさい。すんだらご褒美に蜜柑をあげますからね」――そんな言葉が聞こえてくるようだ。机の前に座ってみたものの、腕白盛りだからじっとしていられず、傍の蜜柑にちらりちらりと目をやりながら書いているところである。

注

（1）小林計一郎『小林一茶』吉川弘文館、1961年、10〜11頁
（2）信濃教育会編『一茶全集（第二巻）』信濃毎日新聞社、1977年、501頁
（3）信濃教育会編『一茶全集（第六巻）』信濃毎日新聞社、1976年、147頁
（4）信濃教育会編『一茶全集（第五巻）』信濃毎日新聞社、1978年、86頁〜87頁
（5）同前書、74頁〜75頁
（6）同前書、86頁

第二節　出郷〜俳諧の群れへ〜

（一）俳諧学校としての葛飾派

椋鳥と　人に呼ばるゝ　寒さ哉　（『八番日記』文政2年）57歳

一茶（弥太郎）は、長男でありながら継母との折り合いが悪く、結局15歳の時、江戸に出された。当時、跡取りの長男を奉公に出すということは、かなり重大なことだった。

『父の終焉日記』には、父が牟礼の宿まで送ってくれ、「毒なる物はたうべなよ。人にあしざまにおもはれなよ。とみに帰りて、すこやかなる顔をふたたび我に見せよや」(1)と言われて別れたと書いている。奉公についても「としはもゆかぬ痩骨に荒奉公させ、つれなき親と思ひつらめ」(2)という父の言葉を記している。多少一茶自身が脚色しているとしても、おそらくいくつかの奉公先を渡り歩いたのだろう。

その頃、信濃からの出稼ぎ人は「椋鳥」あるいは「信濃者」と卑下して呼ばれ、一茶も例外ではなかった。出郷から10年間ほどの一茶の足跡は、現在でもわからない。おそらく奉公のかたわら、流行していた「月並俳諧」*に興味を持ち、次第に本格的な俳諧の群れの中に身を投じていったと想像される。

当時、俳諧は庶民にとって最も一般的な娯楽の一つだった。さらに近世中期から後期になると、江戸や京、大坂を中心に月例の発句会が催されるようになり、月並俳諧も「庵中の月並」と呼ばれ、一部の階層が遊興に耽《ふけ》っていた。

ここでの月並俳諧は、「業俳」(職業として俳諧教師)や「遊俳」(豪商として活躍するかたわら、余技として俳諧を嗜《たしな》む当代一流の俳諧師)が毎月一定の日に開く句会ではなく、広く庶民を対象とした「月並の集句システム」に基づく催しである。これは、一茶が最も活躍した文化・文政期(1804〜1829)から、天保(1830〜1843)・弘化(1844〜1847)・嘉永(1848〜1853)期にかけて大流行し、明治まで及んだ。ただ近代に入ると、子規が「月並派(月並

＊**月並俳諧**…月並は①毎月　②月経　③平凡で新しみのないこと　④月並俳句の略、の意味。文献上、特に文学における「月並」は、和歌(古代月並歌会)・連歌(中世月並連歌)・俳諧(連句)などの会合が毎月一定日に催されたことから、月毎に開催されるという意味。『枕草子』にもその用例が見られる。

調)」と呼んで批判したのをはじめ、一般には俳諧の堕落と低俗化傾向の象徴として受けとめられた。確かに、蕪村や一茶以降、つまり天保期に至ると、宗匠の地位が利権化し、句会が遊戯化していったことは事実である。

だが、教育という観点から見た時、そこには新たな動きが見られる。それまで業俳や遊俳を中心とした月例句会だったものが、大勢の一般投句者、いわゆる「雑俳」と呼ばれる庶民のための知的娯楽となり、彼らが気楽に参加して発表する場となっていった。つまり、庶民を中心とした一種の〝群れ〟としての性格を持つようになったのである。

ちなみに、庶民の「月並」は月例の俳句大会であり、点者(選者)と呼ばれる宗匠が出した題を五七五に詠む。次第に俳諧の表芸としての「歌仙(連句)」が変化して、むしろ発句作りが盛んになっていた。文芸における精神連帯の場である「座」自体も以前とは異なり、人々が気軽に楽しめるような、いわばサロン的な雰囲気を持つ場に変わっていった。これに関して、俳人の金子兜太氏の指摘は興味深い。

芭蕉の頃のような、連衆がきびしく情を通い合わせる『座』の空気をうるさがるようになって、酒を酌み交わしながらのお遊びとして、いわば社交の具として――連句の付合《つけあい》ではなく、付き合いとして――歌仙が扱われるようになっていた。だから、もはや、座というより、サロンといったほうがよい雰囲気だったのである。（中略）芭蕉、蕪村あたりまでは文芸意識がつよいが、一茶になると座興を楽しみ、笑い合う気分のほうがはるかにつよい。(3)

つまり一茶の時代、大衆の知的教養の高まりによって、文学はそれまで以上に大衆との関わりを持つようになった。庶民は自らの知的要求を満たすため、好んで読者となり、観衆となり、聴衆となった。この頃の人々と文学との関わりには、いくつかの特徴が見られる。

まず、大衆の日常に関連した洒落本・読本・滑稽本・人情本など、さまざまなジャンルの小説が広まった。

次に、大衆の読者を相手に、戯作者・俳諧師・浮世絵師・狂言作者・咄家といったさまざまな職業の作家や師匠が登場し、門人を取って指導した。この時代の主な作家に、葛飾北斎（１７６０～１８４９）、山東京伝（１７６１～１８１６）、曲亭馬琴（１７６７～１８４８）、十返舎一九（１７６５～１８３７）、式亭三馬（１７７６～１８２２）などがいる。

さらに、文学を享受する層が拡大するにつれて、俳諧・川柳の結社、漢学の詩団・詩社、狂歌の連衆、歌舞伎俳優のひいき連の組織など、さまざまな集団結社が作られた。これらの結社は数を増して、次第に独自の〝網の目（交流網）〟を展開していったのだ。

この中でも俳諧は、最も大衆に広く受け容れられたものの一つである。俳諧は一部の階層の嗜みではなく、不特定多数の大衆の社交の具であり、趣味生活の一部となっていた。「月並俳諧」の流行が顕著な証拠であろう。一茶は61歳の時、この頃を追憶して次のように記している。

薗原や、そのはらならぬはゝき（箒）に、住馴し伏家《ふせや》（みすぼらしい家）を掃きだされしは、十四の年（実際には十五の年）にこそありしが、巣なし鳥のかなしみはたゝちに塒《ねぐら》に迷ひ、そこの軒下に露をしのぎ、かしこの家陰に霜をふせぎ、あるはおぼつかなき山にまよひ声をかぎりに呼子鳥《よぶこ》、答へる松風さへもの淋しく、木葉《このは》を敷寝に夢をむすび、又あやしの浜辺にくれは鳥、人も渚の汐風にからき命を拾ひツヽ、くるしき月日おくるうちに、ふと諧諧《かいかい》たる（やわらぎたのしむさま）夷《ひな》ぶりの俳諧を囀《さへづ》りおぼゆ。(4)

「夷ぶり」とは、都ぶりに対比する言葉で、田舎風、田舎くさいという意味で、この夷ぶりの背景には「田舎物」の流行がある。当時、俳諧の世界でも、芭蕉の高弟宝井其角《たからいきかく》*に始まる「洒落風」が流行したが、やがて芭蕉の作風に還るべしという「中興俳諧」が起こり、その一つの特徴として「田舎風」が流行したのである。金子兜太氏はこう指摘する。

当時の江戸俳壇は、芭蕉の高弟宝井其角にはじまる『洒落風』が流行していた。其角の奔放な気質は、華やかで洒脱、享楽的で巧妙な作風をつくりだし、特に芭蕉死後はその風を押しひろげて『江戸座』の祖と言われていたのだが、それを引きついだ水間沾徳《せんとく》はさらに技巧的遊戯的で、まるで談林調に逆戻りしたよ

＊**宝井其角**…江戸中期（1661〜1707）の俳人。蕉門十哲の一人。本姓竹下《たけもと》、母方の姓は榎本《えのもと》。近江の人で、江戸に来て蕉門に入り、芭蕉の没後、派手な句風で洒落風を起こし、江戸座を開いたことで有名。撰に『虚栗《みなしぐり》』などがある。

うな句を作った。この流行の俳風に対して談林から出て談林を止揚した芭蕉の作風、それに還るべしと奮起したのが、江戸の『中興俳諧』で、大島蓼太《りょうた》、加《か》舎白雄《やしらお》、長谷川馬光《ばこう》、溝口素丸《そまる》といった人たちである。蓼太は『江戸座』の宗匠たちの『江戸二十歌仙』を批判した『雪おろし』を出し、馬光、素丸と協同して、『五色墨』『続五色墨』を出版してもいる。白雄が技巧を排して『さびしみの実』『自然の色立』に就くことを説いたのも、京坂の繊美巧緻な感性中心の俳風とともに洒落風を十分に意識してのことだった。蓼太のほうが白雄より野生味があって、葛飾派にちかい印象だったが、馬光や素丸はそれをもっと徹底させて田舎くさく振舞ったと見てよい。この派の地盤が隅田川以東の地方にあったことが、その振舞いをやりやすくしていたことも間違いない(5)。

一茶は、20代半ばを過ぎた頃から、俳諧の群れの中で次第に力をつけていったようだ。青年一茶と最も関係の深いのが「葛飾派」という俳諧結社である。彼にとっての葛飾派は、業俳として一人前になるための学校だったと言ってよいだろう。

葛飾派は、「目に青葉　山ほととぎす　初がつを」という句で知られる山口素堂《そどう》

（1642〜1716）を開祖とする。この頃はまだ俳壇としての本格的な名乗りを上げるに至っていなかったが、素堂の人柄や俳風を慕い、彼から俳諧を学びたいという人々が集まり、門人の代表として馬光、黒露などがいた。

やがて、素堂を始祖として「葛飾蕉門」という俳系を名乗り始めたのは、二世馬光に師事して其日庵《きじつあん》三世を継承した溝口素丸（1712〜1795）である。素丸《そがん》とも読み、本名は溝口十太夫勝昌。幕臣で御書院番*をつとめ、禄五百石の人物だった。彼は、素堂が芭蕉の俳友であったので、芭蕉から最晩年の弟子森川許六《きょりく》**に伝えられた秘伝書『白砂人集』二巻を拠り所に天明4年（1784）春、「葛飾蕉門」を名乗った。

ちなみに、一茶に次のような句がある。

芭蕉翁の　臑《すね》をかじって　夕すずみ　（『七番日記』文化10年）51歳

なむ芭蕉***　まづ綿子《わたこ》には　ありつきぬ　（『七番日記』文化12年）53歳

ところで、素丸はなぜ、この時期に旗揚げしたのだろうか。俳人の清水孝之氏は

＊御書院番…江戸幕府の職名の一つ。若年寄に属し、江戸城白書院の紅葉の間に勤番して、将軍外出時の護衛、儀式の事務、遠国への出張などの任にあたり、毎年交替で駿府（静岡市）に在番する役。

＊＊森川許六…江戸中期（1656〜1715）の俳人。蕉門十哲の一人。彦根藩士。

＊＊＊なむ芭蕉…「ありがたや芭蕉どの」の意味。「なむ阿弥陀」と同じ。

こう指摘する。

分派は自家独立の主張にほかならない。芭蕉七部集の初期・後期のいずれかに典拠を求めることによって、俳諧理念と作風の相違を主張しようとしたのである。いわば群雄が各自の育った地盤を根城として天下制覇への駒を進めようとしたのが、安永（1772～1780）を中心とする俳壇状況であった。(6)

江戸俳壇に芭蕉回帰の現象が起こっていた当時、芭蕉の作品を手がかりに、独自の理念と作風を持っている人が中心になってセクト的な分化が生じたのだろう。葛飾蕉門もその一つであった。とりわけ葛飾派の俳風が、芭蕉の俳風を基礎としながら、野性的な田舎くささを特徴としていたせいもある。葛飾派の地盤は隅田川以東、つまり葛飾、本所、深川方面を中心に常総・房総一円の農村地帯が勢力圏だった。

素丸たちは、どのようにして同派の勢力を伸ばしたのか。所属する俳諧師（宗匠）が地域を巡回していると、俳諧に関心のある人々が自然に集まって、宗匠を慕う人々が門人となる。そうした門人の集合体として、各地に葛飾派の「連衆（社中）」が形成されていったのだろう。

ちなみに、「連（衆）」には①つらなる、つらねる、また、ひとつにつらなったもの（連歌、連句、連係、連結、連鎖など）②続いている（連休、連覇、連夜など）③手をつなぐ、協力する（連携、連合、連帯など）④つれ、とも、仲間（連中、連衆、常連など）などの意味がある。この「つらなり、協力し合う、仲間」としての「連」という組織は江戸時代、俳諧、川柳、狂歌などの遊芸の世界だけでなく、さまざまな学問においても重要な役割を果たしていた。「連」の形成には、まず地理的な近さ、そして共通した興味関心が関係する。つまり「連」は、身近な仲間同士が、同じ種類の興味関心事を共有し合いながら、創造的な活動を行う集まりである。規律中心の会社的な集団とは質が異なる。

さて、葛飾派拡大に貢献した人は三人いる。一人はすでに紹介した素丸であり、残りの二人は素丸と同じく馬光の門弟で、今日庵元夢《こんにちあんげんむ》と二六庵竹阿《にろくあんちくあ》である。一茶は、素丸を含めた三人ともに師事した。

元夢は本名を森田秀安といい、別号は柏翁、安袋。素丸の許可を得て、葛飾派の祖である山口素堂が名乗った「今日庵」を江戸橘町に再興した人物で、本系の素丸に対して傍系を治めた。寛政12年（1800）7月3日、74歳で没。一茶は、俳諧に入り始めた頃、元夢の世話になったことが、元夢の門人の系図からわかっている。

竹阿は葛飾派二世馬光の高弟で、三世素丸の先輩の先輩にあたる。彼は北陸、中国、四国、九州などを遊歴し、西国各地に門人が多数いた。60歳を過ぎてから大坂に移り、二十数年そこに住んでいたが、有力な後援者が死んだのを契機に79歳で江戸に戻った。初期の俳歴は不明だが、『続五色墨』（1751）の運動には、同派の校長ともいうべき素丸を助けて活躍し、足跡は全国に及んだ。寛政2年（1790）、江戸で没し、享年は81歳。

元夢と竹阿の経歴を見るだけでも、この時期、一人の宗匠の人柄や俳風を慕って集まった人々によって形成された結社が、本格的に組織化されていったということがわかる。葛飾派という俳諧学校は、センターを江戸に置き、所属する俳諧師たちがそれぞれ巡回指導することで、各地域に同派の分校というべき〝連〟が形成され、それらが独立していったのだろう。独立しながら、同じ俳諧観に貫かれた人間同士の「連なり」は維持しつつ、成立していたのである。
一茶は、この葛飾派で一人前の俳諧師、すなわち「業俳」になるための修養を積んだ。

(二) 葛飾派入門と一茶の三人の師

一茶は、俳諧学校葛飾派にどのように入門したのか。現在、「立砂紹介説」「元夢関係説」「石漱（南伝馬町の隠居で、本名堺屋友治郎）紹介説」の三つの説があり、これ以上のことは解明されていない。入門時の具体的な手続きなども興味深いところだが、まだわからない。こうした中で明らかになっているのは、一茶が師事した順番が、今日庵元夢→二六庵竹阿→溝口素丸、だということである。

最初の説の「立砂」という人物は、現在の千葉県松戸市馬橋の人で、本名は大川平右衛門また吉右衛門。油商を営む豪商で、一茶は少年時代、この家に奉公したと伝わる。今日庵元夢の高弟でもあって、一茶37歳の寛政11年（1799）11月2日に他界。立砂没後は、息子の斗圃が一茶の門人、庇護者となり、一茶に添削指導を受けた。一茶は立砂の死をしのんで、次のような「挽歌」も書いている。

栢日庵《はくじつあん》は此道に入《いり》始てよりのちなみにして、交り他にことなれり。一茶は三月末、いまだ踏《ふみ》のこしたる甲斐がねや、三越ぢの荒磯も見まほしく、逆枕旅立《たびだて》ば、主《あるじ》は竹の花迄見おくり給ひぬ。

今さらに　別《わかれ》ともなし　春がすみ　　一茶(7)

さて、一茶が元夢、竹阿、素丸に師事していた事実は、さまざまな資料から明らかになっている。

一茶が今日庵元夢に師事していたことは、まず一茶を元夢の門人と明記した系図（勝峯晋風の「政二俳道系譜」（新潮社日本文学講座十「一茶研究」所収）の存在がある。また、西国行脚中の寛政9年（1797）、一茶は元夢宛の書簡の中で、自ら「元夢老師」と呼んでいる。さらには元夢（安袋）が刊行した『俳諧五十三駅《つぎ》』

葛飾派系統図

初世　山口素堂（1624-1716）→ 二世　長谷川馬光（1648-1715）→ 三世　溝口素丸（1712-1795）→ 四世　加藤野逸（?-1807）

五世　関根白芹（1756-1817）

二六庵竹阿（1702-1790）

→ 小林一茶（1763-1827）

今日庵元夢（?-1800）

＊下線は、一茶が師事した人物

（天明8年）の中に、一茶（当時は菊明）の句が見られる。26歳の一茶は、俳諧師の卵として着々と修養を積んでいた。

二六庵竹阿が一茶の師であったことは、『仮名口訣』という書物の「此書ハ素堂隠士ヨリ北窓翁ニ伝フ。北窓翁ハ堂ノ三世也。予亦翁ヨリ俳諧ヲ学ブ。故《たし》カニ授ル故ニ秘蔵ト為ス」[8]という冒頭文の一部からわかる。これは、葛飾派の祖山口素堂から竹阿に伝えられ、竹阿から一茶に授けられた本である。

「北窓翁」は竹阿の別号で、「予亦翁ヨリ俳諧ヲ学ブ」から、一茶が竹阿から俳諧を学んだことが明らかである。竹阿が一茶を直接指導したかどうかの史料は現存しないため、推論の域を出ないが、その後の一茶の俳風や俳諧師としての生き方などを見ると、たとえ直接指導を受けていなくても、『其日ぐさ』など竹阿の書物から、一茶が大いに影響を受けていたことがわかり、むしろこのような師から弟子への根本理念の伝承こそが重要であると考えられる。

溝口素丸は其日庵《きじつあん》三世を名乗り、葛飾派宗家の棟梁（総師）である。天明初年に一派の勢力を伸長し、「葛飾蕉門」と号した野心的な人物でもある。一茶にとっては葛飾俳諧学校の校長的存在だった。一茶が素丸に直接師事した期間は、竹阿が他界した寛政2年（1790）4月7日、28歳の入門時から、同4年3月に30歳で西国行脚に出発するまでの約2年間である。

入門した年末、一茶は師素丸の執筆《しゅひつ》役に抜擢された。寛政3年春に刊行された『我泉《がせん》歳旦帖』（中村俊定紹介「連歌俳諧研究」1953年10月）の中にある「年の暮　人に物遣る　蔵もがな　滑浜庵執筆一茶」という句から、それがわかる。「執筆」とは、歌仙などにおける宗匠の助手的役割のことで、宗匠の指図に従い、連衆の出す句を懐紙に書き留める役である。それは〝宗匠見習い〟といった地位でもあり、そのためには宗匠同様、相当の学識が必要で、とりわけ俳諧の故事に通じ、能筆であることが条件だった。一茶が、このような重要な役割に抜擢されたのは、彼の実力と人柄とが師素丸の目に止まったということだろう。一茶が元夢や竹阿の門から素丸門に移った頃には、おそらくかなりの頭角を現していたにちがいない。ちなみに素丸は、一茶が西国行脚中だった寛政7年に他界している。

この頃から、ようやく「一茶」と名乗るようになった。次の句からは俳諧の師としての道が開かれてきて、これから成長していこうとする一茶の思いが強く伝わってくる。

春立つや　弥太郎改め　一茶坊　（『七番日記』文政元年）56歳

木々おの〱　名乗り出たる　木の芽哉　（『千題集』寛政元年）27歳

一茶という俳名のいわれについて、一茶自身が後にまとめた『寛政三年紀行』の冒頭で、次のように説明している。

西にうろたへ東にさすらひ、一所不住の狂人有り。旦《あした》には上総に喰らひ、夕には武蔵にやどして、しら波のよるべもしらず、立つ淡《あわ》の消《きえ》やすき物から、名を一茶坊といふ。(9)

また、「一茶」の名前に関連した句には、「露一つ　一つ集て　たく茶哉」(『七番日記』文化14年9月)というものもある。これらを合わせて考えると、自分は頼るところのない漂泊の身、茶の泡のように消えやすい身であると言いたいのだろう。「立つ淡《あわ》の消やすき物」も、どことなく弱々しく自分を表現しているが、一茶自身は常に現実にしっかりと根を張って生きており、したたかで逞しいのだ、と私は考えている。

(三)　葛飾派での一茶

寛政3年(1791)春、29歳の一茶が郷里柏原へ一時帰省する際、師素丸に差し出した挨拶状「留別渭浜庵」がある。

留別《りうべつ》　渭浜庵《いひんあん》　かく賤《いや》しかりし身をも御取立《おとりたて》下され、既に執筆《しゅひつ》の役を蒙《こうむ》りしが、おもはずも遠国のたらちね（垂乳根、親のこと）病躰ただならねば、三十日《みそか》余りの御いとまいたゞくことの有難く、若《もし》父本復もあらば、とみに帰参して、亦々御召つかひ之程奉希物《これほどねがいたてまつるもの》ならし。華のもと　是非来て掃除　勤《つとめ》ばや[10]。

「既に執筆の役を蒙りしが」という記述から、この時すでに一茶が葛飾派総師の執筆を務めていたことがわかる。「たらちね」つまり親、この場合は父弥五兵衛が何かの病気にかかったのだろう。父が回復したら、また戻ってきますという内容である。

この中に、一茶の修養に関わる記述がある。文中の「御召つかひ」と句中の「掃除勤ばや」という言葉だ。「召しつかふ」とは、身の回りの世話や家事など身近な仕事をさせることである。当時、修業俳諧見習いの身であった一茶にとって、こうした掃除や下働きなどの仕事は一人前の俳諧師になるために当然であったと考えられる。

「書写」も古くから行われてきた学修法である。文献を一字一字写して同じものを作ることで、師匠が直接指導するのではなく、むしろ〝一人学び〟が基本である。結社の中で代々受け継がれている秘伝の書をはじめ、重要と思われる書物を書き写しながら学ぶ。

葛飾派時代に一茶が「書写」した代表的な書物には、次の4冊が挙げられる。

『俳諧秘伝一紙本定』

天明8年（1788）8月、26歳の一茶が元夢から与えられたもの。一茶は、表紙に「一茶」の印を押し、「今日庵元夢」と署名し、奥書に「天明八申ノ八月蝸牛庵菊明」と記した。この頃は「菊明」という号を用いていた。

『白砂人集』

一茶が後年まで所持していたらしいと言われる連歌《れんが》伝書である。許六が芭蕉から相伝したと伝えられる秘伝書を、暁台が出版（木版）したもので、一茶が竹阿に師事していた時書写したもので、その奥書に「天明七申《さる》霜月吉日　二六庵机下《きか》に於いて之を写す　小林圯橋《いきょう》」とある。天明7年は一茶25歳で、ようやく足取りがわかってくる頃。ちなみにこの頃は「圯橋」と号していた。

『仮名口訣』

葛飾派の祖山口素堂から三世二六庵竹阿（北窓翁）に伝えられ、さらに竹阿から一茶に授けられたもの。この書の冒頭には、寛政5年（1893）春、31歳の一茶が序を書いている。その中で、一茶はこの書を「秘蔵」と呼び、「今は謹《つつしん》て之を鑑《かんがみ》るに悉く皆天地自然の之道理也」と書いて高く評価している。また、別な箇所でも、「以テ之ヲ学ズシテ何ヲ以テ其域ニ至《いたら》ン」と記し、この書に対する意欲的な取り組みがうかがえる。

この書の前半は、和歌の字余りについてで、例歌の大部分は『万葉集』であり、一部『古今集』『日本書紀』その他から引用している。この本が「僅寸紙《わずかすんし》（小さな紙のこと）ヲ越ズ」という短いものであったために、一茶自ら注釈を加えて一冊子としている。一茶は国学にも興味を持っていたようで、本居宣長などの国学に関する著書を持っていたことが『急逓紀』などでも知られている。この書は31歳当時の一茶の教養、学問を知る上で重要な手がかりとなっている。

『其日ぐさ』

師二六庵竹阿の遺文集で、表紙に「其日くさ」と書かれている。一茶は、この全文を短期間で清書したらしく、最初から最後まで筆勢の変化が少ない。おそらく一茶28歳の寛政2年（1790）3月、竹阿が没して後から、西国行脚に出発する同4年3月までに書かれたものだろう。竹阿の死を聞き、その後継者を自任して「二六庵」の印を使用して、師の遺著を写したものと思われる。この書には、俳諧の貴重な心得をはじめ、竹阿が西国を行脚した際のさまざまな情報が含まれている。

一茶が葛飾派時代に書写したものは、もちろんこれだけではない。ただ、これらの書物がその後の一茶の俳風の重要な基礎となったことはまちがいなく、一茶がある時期、〝巷の俳諧の群れ〟から一人前の俳諧師になろうと決意して、猛勉強したことがうかがわれる。やがて素丸の執筆になり、いよいよ本格的にプロの俳諧師（業俳）としての道に一歩を踏み出すことになる。

寛政3年（1791）、一茶は29歳の時、病気の父の見舞いを兼ねて「業俳」としての晴れ姿を見せるために、14年ぶりに郷里柏原に戻った。江戸を3月26日に出て、下総地方の馬橋、小金原、我孫子、布川、田川、新川などを遊歴した後、いったん江戸に戻り、本郷から信濃へ向かった。浦和、大宮、熊谷、碓氷峠、軽井沢、屋代、善光寺と下って4月18日、さまざまな思いを胸に郷里に入った。

道中、一茶は浅間山付近の景色が荒涼としているのに驚いて、次のように記している。8年前の天明3年（1783）、浅間山が大噴火していた。

此辺りは去《いに》し比《ころ》とよ、浅間山の砂ふりて、人をなやめる盤石《ばんじゃく》跡かたなく埋《うづま》り、牛を隠す大木もしらじらと枯《かれ》て立《たて》り。十とせ近くなれど、其ほとぼりさめずして、囀《さえず》る鳥もすくなく、走る獣《けもの》も稀也けり。(11)

そして、帰郷した時の気持ちである。

灯《ひ》をとる比《ころ》、旧里に入。日比《ごろ》心にかけて来たる甲斐ありて、父母のすくやかなる顔を見ることのうれしく、めでたく、ありがたく、浮木《うきぎ》にあへる亀のごとく、闇夜に見たる星にひとしく、あまりのよろこびにけされて、しばらくこと葉も出《いで》ざりけり。

門の木も　先《まづ》つゝがなし　夕涼《すずみ》(12)

この時、父弥五兵衛は59歳、継母さつも48歳となっていた。一茶は幼い頃の辛い思いもすべて過去のこととして懐かしがり、継母の元気な姿さえ喜んでいる。「悪いものは食べるな」と牟礼の峠まで見送った父弥五兵衛も、息子弥太郎の帰りを心からうれしく思ったにちがいない。この後、一茶は西国の旅に出ていくのである。

注

（1）信濃教育会編『一茶全集（第五巻）』信濃毎日新聞社、１９７８年、84頁
（2）同前書、75頁
（3）金子兜太『一茶〜生涯と作品〜』日本放送出版協会、１９８６年、98頁
（4）信濃教育会編『一茶全集（第四巻）』信濃毎日新聞社、１９７７年、４１７頁
（5）前掲『一茶〜生涯と作品〜』、20頁〜21頁
（6）中村幸彦・西山松之助編『日本文学の歴史8文化繚乱』、１３１頁
（7）前掲『一茶全集（第五巻）』、１１７頁
（8）信濃教育会編『一茶全集（第七巻）』、信濃毎日新聞社、１９７７年、３７３頁
（9）前掲『一茶全集（第五巻）』、15頁
（10）前掲『一茶全集（第七巻）』、５７５頁
（11）前掲『一茶全集（第五巻）』、21頁
（12）同前書、22頁

第三節　西国行脚〜修養の旅〜

（一）一茶の時代の旅

通し給へ　蚊蝿の如き　僧一人　　（『寛政句帖』寛政４年）30歳

郷里への報告を済ませた一茶は、翌寛政４年（１７９２）春に剃髪し、僧の姿で四国、九州、関西を中心に西国行脚の旅に出かけた。30歳から36歳にかけて丸６年間、自らの俳諧修養と、亡き師二六庵竹阿の門弟や俳友を訪ねて、自分が師の後継者であることを披瀝するためである。さらに、浄土真宗門徒である父から頼まれた西本願寺（京都の浄土真宗本願寺派の本山）の代参を兼ねていたことが考えられる。

一茶の時代は、個人的な旅が活発に展開された時代であった。もともと、旅とは生きるための物資、特に食料の獲得のためのものだったが、文明社会となり、多種多様な目的による個人的な旅へと発展した中で、とりわけ庶民の旅にはいくつかの目立った特徴がある。その点をはじめに説明しておこう。

第一は、四国のお遍路、伊勢参り、四国讃岐の金比羅参り、秩父巡礼などの信仰の旅である。伊勢参りは江戸時代、遷宮の年に合わせて爆発的な流行を見た。商売繁盛も豊作もすべて天照大神のおかげということで「おかげ参り」と呼ばれていた。当時「入鉄砲に出女」といわれるように、関所ではこれらを厳しく詮索したが、こと伊勢参りや札所巡りに対してはすこぶる寛大であったようである。

お遍路については、一茶も『西国紀行』の冒頭で次のように記している。その一部を紹介してみよう。

懐《おもふ》同日遍路人《へんろひと》『誰人《たれびと》が菰《こも》着ています花遍路』とありしは、都近きほとりに春をむかへてとなん。（中略）此国《このくに》や掛巻《かけまく》もあやに畏《かしこ》き大師（弘法大師のこと）の御法《みのり》をしたふとて、樹下石上《じゅかせきじょう》を住家《すみか》と成す雲水抖擻《とそう》も遠近《おちこち》にありて……。（1）

一茶が金比羅参りを詠んだ句もある。

おんひら〱　蝶も金比羅　参哉　　（『文政句帖』文政7年）62歳

第二は、名所旧跡への物見遊山の旅である。当時は歌舞伎なども流行し、出し物などの影響で成田山や長谷寺、善光寺そのほかさまざまな歴史的に有名な場所を訪れる人々があった。一茶にも次のような句がある。

子ども等が　団十郎する　団扇哉　　（『七番日記』文化10年）51歳

当時江戸では、江戸三座といわれる中村座・市村座・森田座によって歌舞伎趣味が、日常生活の彩となっていた。一茶の郷里柏原などでも、地方興行などが行われ、宿としての賑わいを見せていたようである。一茶の句日記に「近江源氏ト伝カブキ一見」といったメモが見られる。めずらしいものを見ると、すぐ真似をしたがるのが子どもたちだ。団十部が見栄を切るポーズなどを見てすぐ真似ていたにちがいな

＊**回国**…広い範囲を旅すること。長期間、国から国を回る旅人を回国者と呼んだ。

＊＊**野田泉光院**…日向佐土原藩の修験（山伏）。旅日記は文化9年（1812）から鹿児島～秋田本庄を歩いた見聞記。民俗学者宮本常一氏が「当時の民衆の生活や旅を見る上で比肩を見ない重要な資料。各地の農村をつぶさに回り無数の人々に接した記録」と絶賛。その後石川英輔氏が『泉光院江戸旅日記』として出版した。

い。一茶の目は、そうした子どもたちの様子を見逃さない。おどけた子どもたちの様子が目に浮かんでくるようである。

第三は、文人墨客の修養の旅である。当時、江戸を中心とした大衆文化が大きなうねりとなって地方へ拡大しており、相互に文化交流が活発に展開されていた。こうした中で、文化伝達の重要な役割を果たしたのが旅人だった。この種の旅人には、一茶のような俳諧師をはじめ講釈師、漢詩人、さらには世間師と呼ばれる旅の芸人や商人、あるいは勤番侍、飛脚、山伏などの回国行者*などがいた。地方の人々は、こうした旅人を情報提供者として歓迎し、特に画家、俳諧師、本草学者などの人々をある意味「教師」としての敬意をもって迎えたのである。その好例が、山伏・野田泉光院**（1756〜1835）の克明に記録された『日本九峯修行日記』という旅日記に見られる。

泉光院以外にも、東北や蝦夷を旅した菅江真澄（1754〜1829）や、出家修行のための備中国玉島の円通寺に旅した良寛***（生年不明〜831）や『北越雪

＊＊＊**良寛**…一茶社中の俳諧網は越後にも及び、一茶の門人数も増加。「出雲崎米屋兵衛佐渡　文政三（年）九月二七日来」というメモなどから、越後方面の人々との交流が活発であったことがわかる。当時出雲崎には良寛がいたが、一茶と良寛との関係は直接出会ったかどうかも含めて定かではない。良寛の父橘以南とは面識があったようである。

譜』を著した鈴木牧之《ぼくし》（1770〜1842）そのほか多くの旅人がいた。まさに一茶の時代は、こうした「教師」としての旅人が、全国津々浦々を人々の学修をいわば援助する役割として回国していた。

こうした状況で、一茶は西国行脚を行った。ではなぜ丸6年もの間、一茶は西国を行脚できたのだろうか。それを可能にしたのが当時の俳諧界における「俳諧網（ネットワーク）」である。

この時代、江戸、京都、大坂といった三大都市には多くの俳諧結社が存在していた。そこで指導的立場にある宗匠たちが全国を行脚し、俳諧指導を通して自らの門弟を募り、独自の俳諧網を形成していたのである。伝統的な結社で有力な宗匠がいる派であれば、自ずと全国的な規模で俳諧網が組織された。こうしたネットワークは、俳諧だけではなく、さまざまな文芸や遊芸の世界で展開されていた。

一茶の所属していた俳諧結社「葛飾派」は前章で紹介した通り、芭蕉の親友である山口素堂を開祖とする派で、伝統の点からいえば申し分なかった。しかし、同派は結社以来、その中心地域を関東、特に下総、上総地方に置いており、関西、四国、九州方面における俳諧網はほとんどなかった。未開拓の地である西国に葛飾派の俳諧網を作り上げた人物が、一茶の師である二六庵竹阿だった。彼は生涯を旅ですごした人物であり、西国方面を積極的に行脚し、独自の俳諧網を形成したのである。

（二）西国行脚の行程

はじめに『寛政句帖』から、一茶が訪れた主な場所で詠んだ句を紹介してみよう。

夏の夜に　風呂敷かぶる　旅寝哉　　京都（寛政4年）30歳
君が代や　旅にしあれど　笥《け》の雑煮　　熊本正教寺（寛政5年）31歳
君が世や　唐人も来て　年ごもり　　長崎（寛政5年）31歳
鳴門なる　中を小島の　雲雀哉　　鳴門（寛政6年）32歳
元日や　さらに旅宿と　おもほへず　　讃岐観音寺（寛政7年）33歳
義仲寺へ　いそぎ候　はつしぐれ　　近江（寛政7年）33歳

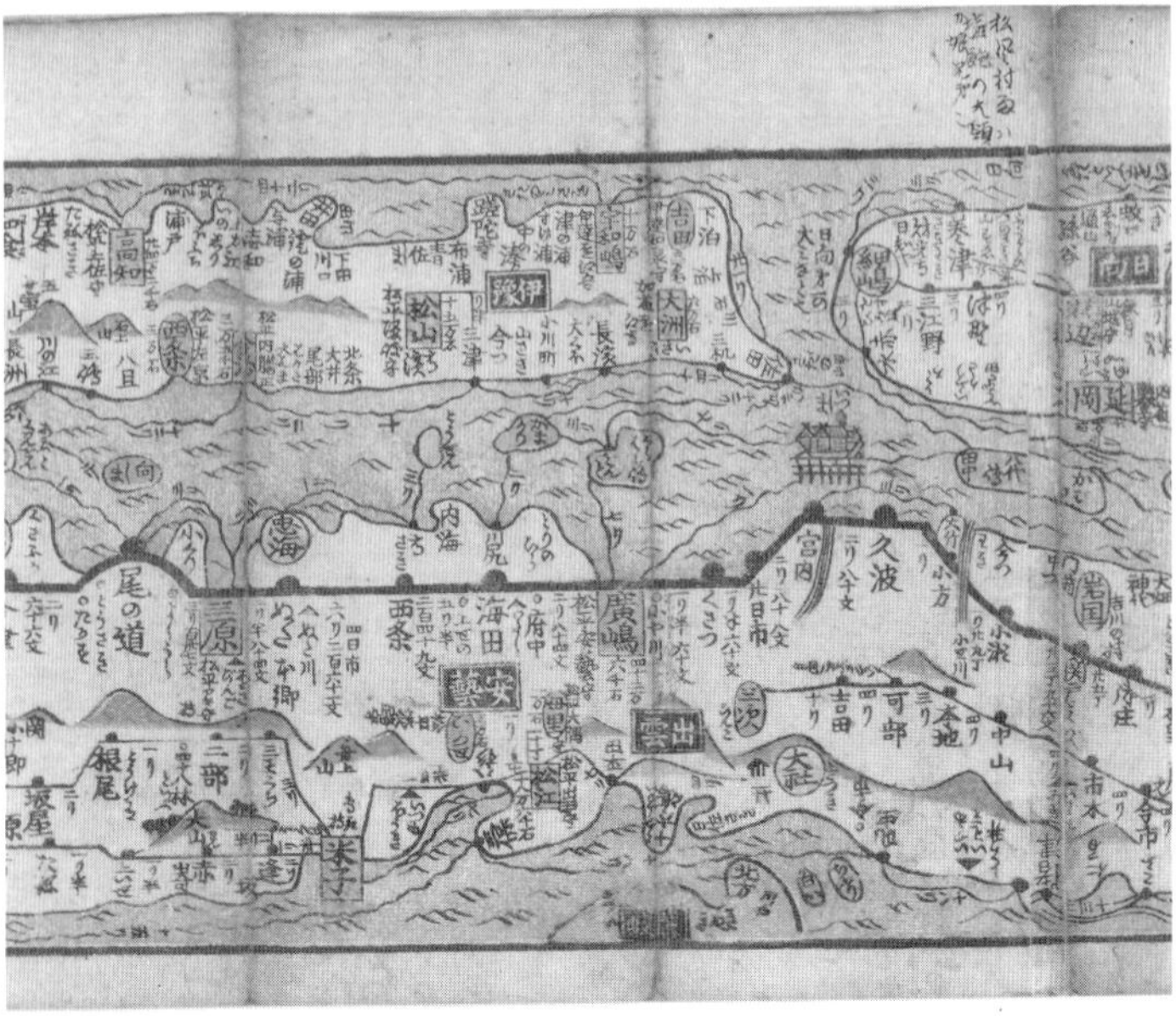

一茶が持ち歩いた携帯地図（個人蔵）

一茶は、寛政4年（1792）秋から同6年冬にかけ、関西から四国、九州を巡り、再び四国に戻った。寛政7年には四国から京・大坂を訪れ、翌8年に再び四国に戻り、この年7月以降松山に滞在。さらに寛政9年には、松山から備後福山を訪れ、また四国に戻り、その後京・大坂に赴いている。

彼の足跡を知る貴重な資料として、次の四つがある。

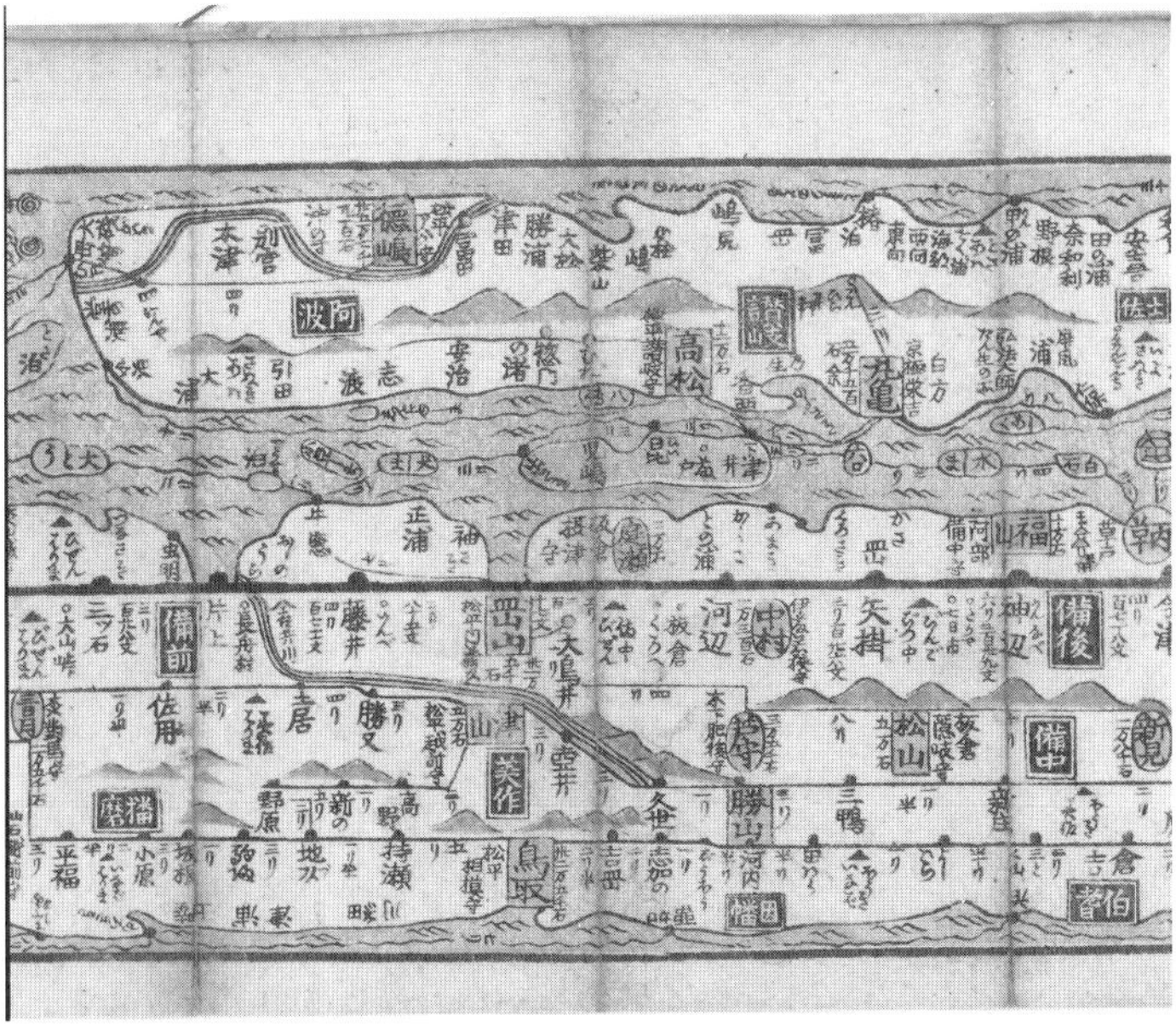

『寛政句帖』
（寛政４年〜寛政６年）
『西国紀行』
（寛政７年１月15日）
『たびしうゐ』
（寛政７年３月）
『さらば笠』（寛政10年）

これらの資料だけでは十分に一茶の足跡を解明できないところもあるが、おおよそ全体的な行程は次の通りである。（［　］は俳人名）

〈寛政4年（1792）〉30歳

江戸出発（3／25）↓東海道↓京・大坂（夏）↓四国讃岐観音寺町専念寺［五梅*］（秋）↓九州（冬）

元日や　さらに旅宿と　おもほへず　　讃岐観音寺（寛政7年）33歳

『寛政紀行』寛政7年3月3日の条に次のような文章がある。

こゝの専念精舎に住せる五梅《ごばい》法師は、あが法師の門に遊びたまひしときくからに、予したひ来ゆ、しばらくづゝの旅愁を休むることしばく、さらに、我宿のごとくして、已《すでに》四とせの昵近《ぢっきん》とは成けらし。(2)

専念寺は浄土宗の地方の名刹。一茶は寛政4年以来、この寺を根城のようにして四国・九州を回っており、おそらく「我宿のごとくして」という表現から、この五梅法師の寺でのんびりとくつろいでいたものと思われる。寛政7年の「元日や」の

＊**五梅**…二六庵竹阿の門人。江戸遊学中、竹阿に俳諧を学び、その後しばしば師を観音寺に招いて歓待したといわれる。梅五ともいう。

句は、この寺で新年を迎えた時のものである。

＜寛政5年（1793）＞31歳

肥後八代正教寺《しょうきょうじ》［文暁］**（正月・春）↓阿蘇（9月）↓長崎（12月）

　君が代や　旅にしあれど　笥《け》の雑煮　　熊本正教寺（寛政5年）31歳

＜寛政6年（1794）＞32歳

長崎（春）↓阿蘇（夏）↓防州***雄海善竜寺（夏〜初秋）↓四国観音寺町琴弾八幡宮（冬）

　元日や　さらに旅宿と　おもほへず　　讃岐観音寺（寛政7年）33歳

＜寛政7年（1795）＞33歳

観音寺町専念寺（1／1）↓観音寺町専念寺出発（1／8）↓予岐岬・伊予三島

＊＊**文暁**…正教寺住職で、芭蕉の終焉記と称する『花屋日記』を出版した人。
＊＊＊**防州**…周防国（山口県）の異称。

（1／8）↓難波　最明寺茶来不在・五井宅へ（1／13）↓松山［樗堂］*（1／15）↓観音寺町専念寺（2／28）↓専念寺出立（3／8）↓丸亀より舟↓下津井（岡山県倉敷市）（3／8）↓有年（兵庫県赤穂市）（3／11）↓大坂［升六］（3／18）↓天王寺・藤井寺（3／27）↓堺（4／9）↓桜井（4／上）↓高師の浜（5／1）↓京都東山［蘭更］（夏）↓大津義仲寺・芭蕉忌（10／12）↓大坂［升六］（冬）

この年の年末に『たびしうゐ』を、京三条寺町の書店推敲亭（菊舎太兵衛）から出版した。

＜寛政8年（1796）＞34歳

四国にわたる↓松山［樗堂］（7／上）↓松山城内の観月句会（8／下）↓松山［樗堂］（～12／末）

＜寛政9年（1797）＞35歳

*　**樗堂**…伊予松山の豪商の酒造業。一茶よりも14歳年上。都合二度長逗留しおり、大変歓待されたらしい。

松山［樗堂］（1／）↓松山出立（春）↓備後福山（夏―秋）↓弘憲寺（香川県高松市）（8／9）↓小豆島（9／上）↓大津義仲寺・芭蕉忌（10／12）↓大坂（升六）（冬）

この年の冬から翌春まで大和地方を行脚した。

＜寛政10年（1798）＞36歳
大和長谷寺（1／1）↓大坂［升六］（1／）↓堺（春）↓大津（春）↓橿原（大和今井）（2／）↓京出立・大津（6／26）↓木曽路↓信州柏原（7／下）

この年2月、江戸へ帰る記念に『さらば笠』を京の勝田吉兵衛方より出版した。

以上から、一茶の行脚行程に二つの特色があることに気づく。一つは九州、四国、中国、京・大坂の広範囲にわたっているということで、もう一つは特に四国が中心であったということである。

（三） 旅支度

一茶の句に次のようなものがある。

首途《かどで》の時薙髪《ちはつ》して

剃捨て　花見の真似や　ひのき笠

（『寛政句帖』寛政４年）30歳

「薙髪」とは、基本的には髪を剃って僧形になることである。これは、中世以来の旅人の一般的なスタイルだったようだ。これに関して、民俗学者宮本常一氏は、著書『庶民の旅』の中で次のように述べている。

中世からの伝統を持った旅人たちの多くは、頭を丸めていた。連歌師も田楽師も医師もみな僧形であった。学者や医師などは後には総髪になった者もあったが、江戸初期頃には髷《まげ》を結うている者はなかったのである。(3)

こうした伝統を引き継いで、芭蕉をはじめ当時俳諧師の旅姿は僧形が普通だった。それが一般的なスタイルというだけではなく、旅における身の安全も考慮したものといわれる。

「ひのき笠」は「檜笠」である。檜の薄く削った板を網代《あじろ》（檜皮、竹、葦などを薄く細かく削り、交差させながら編んだもの）に編んで作った春雨兼用のかぶり笠であり、俳句では夏の季語にもなっている。

一茶の師竹阿が著した『其日ぐさ』の中に「昔宗鑑は菅笠《すげがさ》を愛し、蕉翁は檜笠を愛し給ふ」とあるが、一茶も尊敬する芭蕉翁にあやかったのかもしれない。「宗鑑」は山崎宗鑑であり、室町後期の禅僧でありまた連歌師で『犬筑波集』の選者として有名である。まずは坊主頭に檜笠をかぶり、当時の花見にでも行くような格好で旅立った。

次に持ち物である。「はりっか」という丈夫な反古紙《はんこし》を貼り合せて作った粗末な旅行用の行李に、俳書、句帖、筆墨の類はもちろん旅行案内書、地図、路銀、薬、キセルなどを入れていた。それを風呂敷に包み、はすに背負って歩いたようだ。江戸時代の中頃になると、旅行案内書（道中記）は旅の手引書として数多く出版されるようになり、同時に旅の実用的な知識や心得を主として集めた本*なども出版されるようになった。

一茶の場合、旅の案内書の役割を果たしたものの一つに、師竹阿の『其日ぐさ』があった。もっぱら行脚で獲得した知識や情報が満載されているものである。一茶は、寛政2年（1790）3月、師竹阿の死を聞いた。後継者を自任して「二六庵」の印を使用し、師の遺著を書き写し、それをもとに竹阿ゆかりの地をたどりながら旅を進めた一茶にとって、この本は格好の旅行案内書であり、訪ねた先での話題提供までも行っていたのである。

一方、単なる旅行の注意というより修養の旅の心得（教訓）と呼ぶべき内容の一端が『西国紀行』の中に見られる。

旅のひとり言
一、たとへ日を累《かさね》て逗留なりとも、別るゝ期《ご》に別れざれば、大なる非《そしり》ごとをとる事うたがひなし。心がけの第一也。武士の死べき時死後《おく》れして、後悔すといへども、其恥《はじ》すゝぎがたしといへるに等し。

＊代表的なものは『旅行用心集』（文化7年、1810）であり、道中の里程、駄賃付のほかに、道中用心61カ条、水替用心4カ条、道中泊にて蚤をさくる方、道中所持すべき薬之事など数多くの心得が掲載されている。

一、己《おの》が附前の句知《しり》ながら、句案数刻して、脇より「玉句御つけ」といへば、「是はしたり、しばらくは案ずべし」などいへる、いと心にくけれ。(4)

前者は、人と別れる時期と別れ方の心得を記したものである。武士の死もたとえながら、旅におけるいわば引き際の美学が説かれている。後者は、連句の座での余裕の持ち方についての心得である。かけ出しの俳諧師一茶にとってこうした心得は、一人前の俳諧の指導者として、人々に認めてもらうための重要な知識だった。俳人の金子兜太氏は次のように指摘する。

一茶は三十そこそこの青年である。相手はその土地でひとかどの大人たちである。大人たちは、初見のまま一茶とともに連句を巻くことが普通である。そこでは、一茶に青年らしい詩才をもとめるよりも、俳諧の指導者としての（あるいはそれを目指すものとしての）連句の巧み、挙措動作の確かさをもとめる。つまり、大人の俳諧師を予定し、それに適わぬときは、失望とともども非難さえ惜しまないのである。(5)

ほかにも一茶は、葛飾派の開祖山口素堂以来、竹阿に伝えられた和歌の秘伝書『仮名口訣』などを持ち歩いていた。

次に宿泊所である。旅の間、一茶は主に寺院、農家（庄屋など）、豪商（酒造家）、そして旅籠屋や阿弥陀堂などに泊まっていたことが日記からわかる。西国行脚の拠点の一つでもある専念寺（香川県観音寺市）をはじめ、正教寺（熊本県八代市）善竜寺（防州雄海、現在の山口県）などである。先にも紹介したように、特に専念寺の住職五梅は、俳諧を竹阿から学んでおり、一茶と同門だった。こんな関係もあって、一茶は寛政４年（１７９２）に初めてここを訪問して以来、４、５年にわたり四国行脚の中継基地の一つとしてたびたび宿泊していた。

また、松山市松前町の豪商の酒造業で町方大年寄でもある栗田樗堂（本名廉屋与三左衛門）宅には、初めて訪ねた寛政7年1月以来、長期間にわたってたびたび滞在。松山城での句会にも参加させてもらうなど、一茶自身も「我宿のごとし」と日記に記し、大変居心地がよかったものと思う。次のような句がある。

元日や　さらに旅宿と　おもほへず　(寛政7年) 33歳

松山城にて

人並みに　畳の上の　月見哉　(寛政8年) 34歳

道後温泉

寝ころんで　蝶とまらせる　外湯かな　(寛政7年) 33歳

農家（庄屋）に宿泊したケースとしては、難波《なんば》村の高橋五井《ごせい》（寛政7年1月）や北条市の門田兎文《かどたとぶん》宅（寛政7年1～2月）などがある。さらに、俳友のいる拠点と拠点との行脚の間では、旅籠屋や御堂《おどう》*などに宿泊して雨露を凌いだことが日記のメモからうかがえる。

しかし、常にそうした場所に宿泊できたわけではない。『西国紀行』の中に次のような記録がある。

十三日、樋口村などいへる常呂を過て、七里となん、風早《かざはや》難波村、茶来《さらい》を尋ね訪ひ侍りけるに、已《すで》に十五年迹に死き［と］や。後住《ごぢゅう》、西明寺《さいみょうじ》に宿り乞《こふ》に不《ゆる》

＊堂…昔から旅人の宿泊場所の一つ。民俗学者宮本常一氏によると、村には庵・寮・堂といわれる多くの旅人を受け入れる設備があり、日ごろは誰も住まず、村人たちが講か何かの折に集まることはあっても、そのほかは空いていることが多かったという。

許《さず》。前路三百里、只かれをちからに来つるなれば、たよるべきよすがもなく、

野もせ庭もせをたどりて

朧《おぼろ》〳〵 ふめば水也 まよひ道

百歩ほどにして五井《ごせい》を尋当て、やす〳〵と宿りて、

月朧 よき門《かど》探り 当たるぞ(6)

これは、一茶が師竹阿の友人「文湛禅師」こと月下庵茶来*を訪ねたところ、15年前に遷化し不在であり、この寺での宿泊を許されず困り果てていた時、難波村の五井が快く宿泊させてくれたという記録である。

またある時は、「(寛政七年三月)十七日、明石より兵庫の道連あれば、夜道して、同行二人、頻に眠気催すれば、軒をかりて、笠の露 眠むらんとすれば 犬の声」(7)と、野宿することもあったようである。

ところで、宿泊所のほかにも、旅人には生活上重要な場所があった。旅先で情報を収集するための「文音所」である。別名「便所《びんしょ》」といい、いわゆる私書箱のような役目を果たすもので、各地域を巡回するには、ある一定の文音所が必要だった。

＊竹阿の『其日ぐさ』には「伊予国風早郡立岩川の北上難波郷也大雄山西明禅寺は、往古月庵の開基にして、臨済一派の梵刹也。現住文湛禅師は予に滑稽の因みあれば、爰に旅寝するに(以下略)」とある。ここには「茶来」という俳号は見当たらず、竹阿の別の遺弟の名のわかる文献を持っていたのではとされている。

一茶は特に商業上の連絡網（ネットワーク）を利用して、さまざまな人々と交信していた。その一例を紹介したい。

『たびしうゐ』（寛政7年）の中に「推敲亭に越のたよりをきく」というメモがある。「推敲亭」とは京都の俳書出版業者で、この本の版元である菊舎太兵衛（俳号其成）のところである。当時、俳書の版元は、一般に諸国俳人のための文音所になっていた。したがって、上記の「越のたよりをきく」もその意味であり、「越」とは北陸地方の古称で越前、越中、越後を指すが、そちらの方面の情報が入ったものと推測できる。

一茶は、渭浜庵溝口素丸の訃報（寛政7年7月20日没）や、越後の出雲崎の人で良寛の父である山本左門泰雄（別名橘以南）が京都桂川に投身自殺したという情報も、この文音所から得たようだ。旅の至る所にこうした文音所が存在していたものと思われ、さまざまな情報は宿屋や長逗留をしている家でも得られただろう。

最後に、路銀である。一茶の西国行脚に関する資料には金銭に関わる記録がほとんど見当たらない。それはなぜか。旅人としての俳諧師は、各地の人々に「教師」

として歓迎され、さまざまな知識や情報を提供した代償として、正当な報酬をもらっていたからである。一茶のように若くても各地域でその人柄と実力を認められた者は、旅の餞別としてそれなりの報酬をもらっていた。一茶が旅の間に『たびしうゐ』と『さらば笠』の2冊の書物を出版できたのも、こうした後援があったからだろう。

(四) 西国行脚における一茶の学修

行脚(旅)は、自らの〝生の位置〟を見つめ直すための重要な手段であると同時に、生きた修養である。一茶も「業俳」としての立場を自覚しながら、さまざまな場所を直に見学し、多くの人々と交流することで、行脚(旅)が生きた修養になったことは間違いない。彼の場合、まだ無名ではあるものの職業俳諧師であった。つまり、俳諧の教師であり、連句の座では相応の知識や技術が要求される。人々に認められるためにも、一茶には相応の学修が必要であった。

一茶は、西国行脚を通し、それまでにも増して、さまざまな学修に打ち込んでいった。それは、彼の日記メモなどからもうかがえる。一茶は読んだもの、聞いたもの、見たものなどを詳細に記録した。具体的には読書と見聞である。

読書

一茶は、師竹阿の残した書物『其日ぐさ』、宝井其角の書物、万葉集、古今集、新古今集などの日本の古典などの書物を好んで読んでいた。

『其日ぐさ』には、俳諧に関する学修の心得や内容、さらに竹阿が西国を行脚した際のさまざまな情報が含まれていた。一茶は、これから本格的に俳諧師として歩んでいくための基本理念として、こうしたことを行脚を通して再確認していたのだろう。具体的には次のような内容である。

①淳長《まこと》く、手習を第一はげむべし。僧正に成りても、手つたなければ名号見ぐるし。第二外典の書を学ぶべし。中にも荘子を能く合点すべし、仏説に便あり。第三に隙あらば和歌に志べし。代々の祖師風雅ならぬはなし。淳長く、

如此《かくのごとく》修行して、学問の峠に登るべし。登り得たらば、峠にとゞまらず、早速麓へ戻りて、他力にとゞまるべし。我俳諧にていはゞ、廿年の麓《ふもと》へ戻れといふは此事也。是を下手を修行せよとおしへたり。(『其日ぐさ』)

②遠く其角、近くは淡々、俳諧の豪傑也。其不易には及ぶべし。其変風には及ぶべからず。西行伝に風体あしければ其身に害ありと侍《はべ》れば、流行の邪正自得して後は、何《いず》れにも好む所に遊ぶべし。翁《おきな》座右銘、人の短をいふ事なかれ、己が長をとく事なかれ、

物いへば　唇寒し　秋の風

雪霜なく何ゆへ秋風なるや。此所蕉門の骨法也。予は此処に遊ぶ者也。但し不易にも久しく止《とどま》るべからず、水雪の清きもとゞまりて動ざる時は心汚穢を生《うめ》り。和歌代々の集の趣《おもむき》同じからずとぞ。況《いはんや》俳諧の捷径《ちかみち》なるをや。人の俳諧を学ぶべからず、己が俳諧を習ふべしとなり。爰《ここ》に翁の状あり。(『其日ぐさ』)(8)

①は、前半で手習、外典(特に荘子)、和歌といった俳諧の基礎的な内容について、後半でいわゆる芭蕉の説く高く悟りて俗に帰るという学問修養の姿勢を書いて

いる。

②は「蕉門の骨法」すなわち、芭蕉から続く俳諧道の神髄と奥義について説く。「不易には及ぶべし。其変風には及ぶべからず」とあるように、蕉風俳諧における本質的な点は学ばなければならないが、「変風」つまり変則的な俳風は学ぶべきでないということが大前提である。一方で「不易にも久しく止まるべからず」とし、たとえきれいな水や雪であっても、そのままとどまっていれば淀んで汚れてしまうといっている。さらに、芭蕉の座右の銘を引用して、他人の短所や自らの長所を述べたりすべきではないと戒めている。最後に「己が俳諧を習ふべし」と、自らの俳諧を確立することを説いている。

次に宝井其角の書物である。一茶の『西国紀行』には「余白書込」があり、そのはじめのところで「『虚栗』『新山家』『誰が家』『続虚栗』『花つみ』『錦繍緞』『萩の露』『うらわか葉』『わか葉合』『俳番匠』『枯尾花』『句兄弟』『五元集』『雑談集』」のような其角関係書のメモがある。一茶は西国行脚に出る前から、其角に傾倒していたようなので、これらも一茶が好んで読んだ其角のリストだろう。一茶は一時期、其角の筆蹟まで模倣している。これはある意味、洒落た都会風の其角に対して、田舎出の一茶に一種の無いものねだり的な憧れがあったのかもしれない。西国行脚の間も、それが続いていたのだろう。

日本の古典書についても、一茶は西国行脚以前から学んでいたのだが、西国行脚の時期に一層強まったと考えられる。一茶が旅で詠んだ句にもその一端が見られる。

君が世や　旅にしあれど　笥の雑煮　（『寛政紀行』寛政5年）31歳

この句は、熊本八代にある正教寺での正月吟の一つである。万葉集巻二の孝徳天皇の后小足媛《おたらしひめ》の皇子《みこ》である有間皇子の歌「家にあれば笥に盛る飯を草枕旅にしあれば椎の葉に盛る」の本歌取＊であり、旅先で笥（食物を盛るうつわ）の雑煮を食べられる喜びを詠んだものだ。一茶は「君が世」という言葉で、君（天皇）の治世を謳歌しているというより、何かにつけて喜びや感謝の心を言い表している。

＊**本歌取**…和歌や連歌などを作る際、すぐれた古歌や詩の語句、発想、趣向などを意識的に取り入れる表現技巧。

最後に『易（経）』も挙げておこう。本格的には享和時代（1801〜1803）、一茶が40歳になった頃からだが、すでに寛政7年（1795）の『西国紀行』の中に、この類の句がいくつか見られる。

①⚊⚊⚊⚋⚋⚊　海のなき（国？）おもひやる　月見哉

②⚊⚊⚋⚋⚋⚋　平家蟹　昔はここで　月見船[9]

『易（経）』は儒教の経書の一つで、これを含む『五経』は漢代〜清代の2000年間、絶大な権威を誇り、聖人による真正な書物、あらゆる真理の源泉とされた。

本田濟氏の『易』（朝日選書、1997）によると、『易（経）』は本文と解説部分からなり、本文を（狭義の）『経』、解説を『伝』と呼ぶという。『経』を構成する六十四の象徴的な符号「卦」は6本の棒（⚊（剛爻《こう》・陽爻）と⚋（柔爻・陰爻））からなる。⚊と⚋はものの相反する属性を象徴する。卦は3爻ずつ上下に重なり、2種の爻を三つ重ねた8種の卦がいわゆる「八卦」。八卦は万物を象徴し、八卦を

重ねた六十四卦はより錯雑した変化の世界を表現する。（3頁～11頁参照）
つまり、①は易の六四卦の一つ、「坎下《かんげ》乾上《けんじょう》（訟）」で万物の生成の矛盾や争い、対立を象徴した卦象であり、②は「坤下《こんか》巽上《そんじょう》（観《かん》）」で堂々とその立派な姿を見せることを象徴した卦象である。両句とも西国紀行の書き込み中に「元歴元年三月十八日」というメモがあり、一茶が源平の合戦をしのんで詠んだ句と考えられ、一茶が『易（経）』の書を読み勉強していたことを物語っている。

見聞

ここで注目すべき点は、方言や各地方の風土に関わる言葉の使用である。一茶には、生涯を通して書き続けた『方言雑集』という方言の辞書のような書物がある。いろは順に各地の方言や古語や俗語などを収録したもので、その端緒が西国行脚にあると考えられる。日記の中にはこうしたメモが多く見られる。

①周防にて峠をタヲと云ヒ、調布をノンコと云也。

②土佐言バ　長曽我部

けゑ〱とちふは　わこらがゑずらしや　ぜじやうしやうちく　よんべきたちふ。
○ケエ〱ハ是レ〱と人を呼ぶ事。○ちふハト云。○わこらハ吾子等也。○ゑずらしやハキツイ事也。気強。○ぜじやうハ惣体ト云事。○しやうちく精尽《つく》也。○よんべハ昨夜。○きたちふハ来たと云也。(10)

「ノンコ」は山口方言で「でっち小僧」の意味で、一茶自身が江戸のさまざまな所で奉公生活をしたことを思い出していたのかもしれない。一茶は、その土地の風土に関わる言葉なども熱心にメモしている。次は、琵琶湖の風についてのメモであり、こうした知識は「業俳」として当然必要不可欠なものであった。

比良《ひら》の八講は、舟人湖上の風をおそれ、論議とは、風定まらざる也。トイテは日和《ひより》風。ハヤテとは雨をさそふ。せ田嵐、伊吹《いぶき》風、ヤマセ風、ナガセ風、サキ風は春夏の名によぶ。日あらし、根わたしは、湖上の風にして秋冬に云。(11)

さらに、一茶の日記とりわけ『西国紀行』には、随所に名所旧跡を訪れたメモが残っている。若い頃から歴史書などを好んで読んでいた一茶は、著名な人物の命日なども克明に記録しており、次は『西国紀行』のそれに関するメモである。

①魚文《ぎょぶん》かたに、素堂・芭蕉翁・其角の三幅対のあれば、訪うて拝す。
②左海（堺）湊《みなと》なる風講堂に泊る。日毎《ごと》両吟して、此地南宗寺に詣《まうで》ければ、千宗易利休居士《こじ》の墓あり。命終《めいじゅう》二月二八日、又大黒庵紹鴎《じょうおう》が墓もあり。十月二九日也。[12]

①は寛政7年（1795）1月16日、伊予松山の栗田樗堂宅に滞在中、同松山唐人町の富豪武知魚文（通称茶屋吉蔵）の孔雀亭で、芭蕉・素堂・其角の三幅対*を見た時のもの。よほどうれしかったようだ。

一茶は、自分が所属していた葛飾派の開祖山口素堂、俳聖芭蕉、そして傾倒していた其角、これら三人の「三幅対」を目の当たりにして、おそらく感無量であったにちがいない。その時のことを「正風の三尊見たり梅の宿」と詠んでいる。現在こ

＊**三幅対**…松山藩家老、久松粛山の求めに応じて、狩野探雪が琴・笙《しょう》・太鼓を描き、それぞれ「ちるはなや鳥も驚く琴の塵　芭蕉」「けしからぬ桐の落葉や笙の声　其角」「青海や太鼓ゆるみて春の声　素堂」と称賛した（『一茶全集第五巻』61頁参照）

の句は、松山市内勝山町の南北に通る道路の真ん中に、両面から見られる句碑となっている。

②は寛政7年（1795）4月、大阪堺の俳人喜斎の風講堂に宿泊した際、臨済宗の寺として由緒ある南宗寺に参拝し、茶人千宗易利休（1521〜1591）と彼の師で珠光流茶道を和泉国（大阪府）の堺に広めた大黒庵武野紹鴎（1502〜1555）の墓を訪れた時のもの。丁寧に命日までメモしているところなど一茶らしい。

このほかにも「曽根の松、こは菅公の植給ふと。惜い哉、片枝かれてあれば」（『西国紀行』）など、菅原道真左遷の時の手植えの松を訪れるなど数多くの記録がある。

このように、一茶の日記には名所旧跡のメモが数多く見られる。歴史に強い関心を寄せていた一茶であるから、旅の間、見られるものはすべて見ようといった貪欲さがあったのだろう。6年間の西国行脚は一茶の一人前の俳諧師になる重要な契機となり、俳諧師としての人生もここから開けていった。ただし早く頭角を現したことが、やがて問題になってくる。

注

（1）信濃教育会編『一茶全集（第五巻）』信濃毎日新聞社、1978年、35頁
（2）同前書、39頁。
（3）宮本常一氏『庶民の旅』社会思想社、1970年、44頁～45頁
（4）前掲『一茶全集（第五巻）』、46頁
（5）金子兜太『小林一茶』講談社現代新書、1980年、74頁
（6）前掲『一茶全集（第五巻）』、36頁
（7）同前書、40頁～41頁
（8）信濃教育会編『一茶全集（第七巻）』信濃毎日新聞社、1976年、329頁、343頁
（9）前掲『一茶全集（第五巻）』、46頁
（10）同前書、53頁
（11）同前書、47頁
（12）同前書、37頁、42頁

第四節　漂泊の日々～房総巡回～

（一）江戸住まい

寛政10年（1798）8月下旬頃、36歳の一茶は長い西国の旅から柏原に立ち寄った後、江戸に戻った。

これ以降、文化10年（1813）に51歳で郷里に定住するまでおよそ15年間、一茶は江戸で俳諧師としての生活を送った。

この江戸在住の期間は、寛政10年から享和元年の父弥五兵衛の死まで、父の死から弟仙六（弥兵衛）と遺産分配を約束し「取極一札事」を村役人に差し出した文化5年（1808）まで、51歳で定住するため柏原に戻るまで、の大きく三つに分けることができる。ちなみに遺産分配が決まって以後、一茶はすでに柏原での本百姓の身分を得ていて、江戸に住みながら柏原の地主になっていた。

江戸に戻った翌寛政11年、一茶は正式に竹阿《ちくあ》の後継として二六庵《にろくあん》を継承した。葛飾派の一部の人間からは、さまざまな妬みや反発もあったようである。

さらに翌年の寛政12年、西国行脚で予想以上の成功をおさめた一茶は、京・大坂より発行された俳人番付に、東方《ひがしのかた》の下から二段目最初に「前頭江戸一茶」として載った。この時の番付に載った江戸俳人は17名で、葛飾派では一茶だけだった。当時は相撲の番付にならって、芝居や温泉などさまざまな番付が東西に分けて決められていて、西国で多くの著名な俳人と交わり、『旅拾遺』や『さらば笠』なども出版するなど、一茶の精力的な行動が実を結んだのだろう。それ以上に、西国の多くの俳人たちに彼の実力と人柄が認められたのだろう。

夏目成美のサロン「随斎庵」

次第に江戸でも名実ともに実力を認められつつあった一茶は、江戸の有力俳人たちとも交流するようになる。とりわけ、夏目成美（1749〜1816）と親しくなった。蔵前の札差問屋の主人だった成美は、「随斎庵」という一種の文芸サロンを開いていた「遊俳」で、一茶の支援者であり庇護者、パトロン的存在だった。

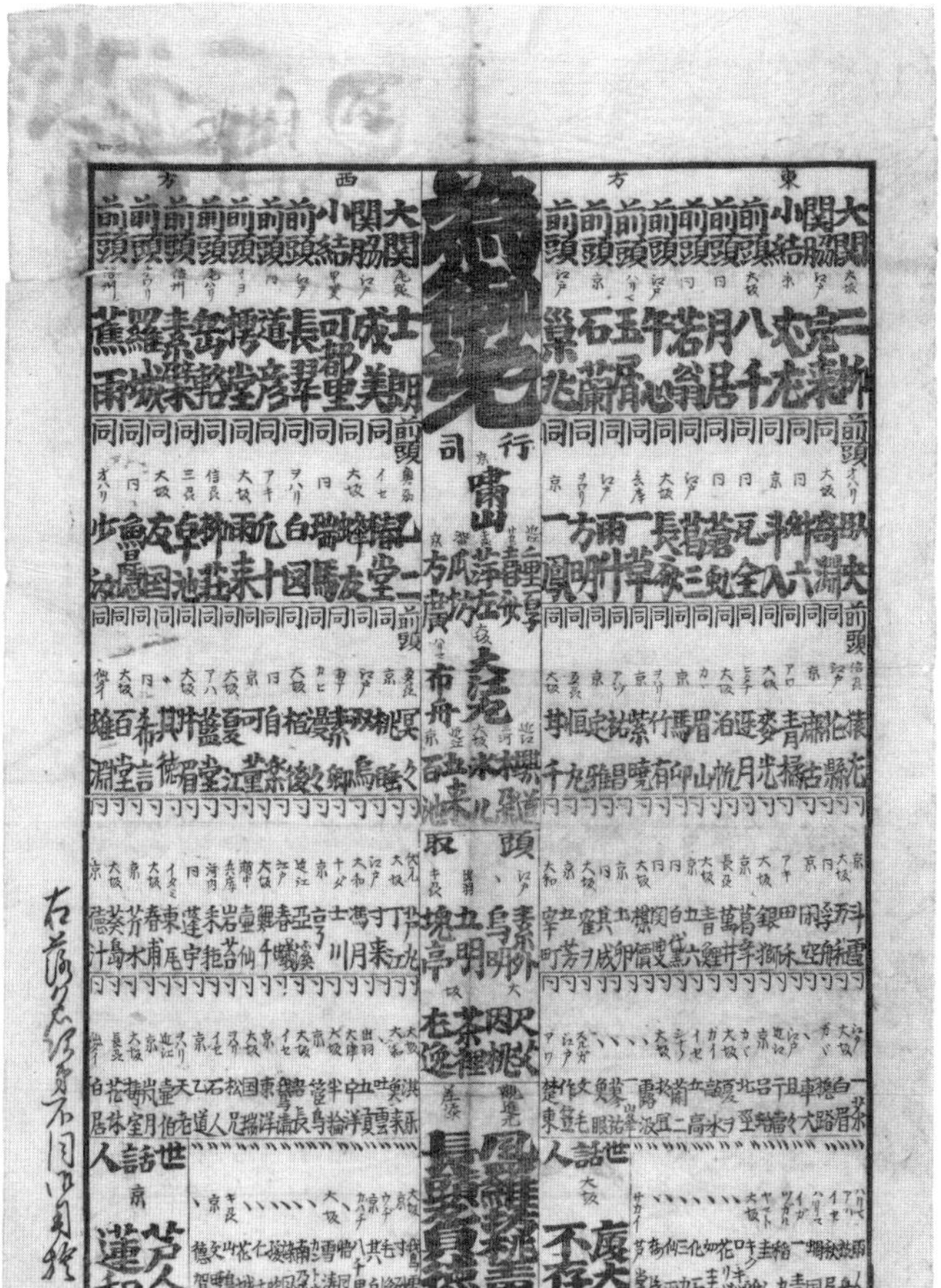

寛政 12 年の俳人番付（上田市立博物館所蔵）

ちなみに遊俳とは弟子を取らず、文字通り〝遊び性〟を多分に含んだ一種の嗜《たしな》みとして大成した人々のことで、一茶や芭蕉のような職業の俳諧師を業俳、一般の月並俳諧に投句する人々を雑俳と呼んだ。また、札差問屋は、旗本・御家人を相手とした蔵米の受領・売却の代理人であると同時に、それを担保として彼らに金を貸す金融業者だった。特に成美の時代には、旗本の多くが蔵米を抵当にして頻繁に金を借りていた時でもあり、実質的に金融業を中心に巨大な富を築いていたのである。

夏目成美は兄四人全員が夭折したため、17歳の時、6代目井筒屋八郎右衛門として札差問屋井筒屋を相続した。その翌年痛風を病み、その時以来右足の自由を失った。さらに天明2年（1782）、彼が34歳の時、家業を弟の庄兵衛に譲って一安心したのも束の間、翌年その弟を失い、再度家業に携わることになってしまった。寛政12年（1800）、ようやく家業一切を成人した長男包寿に譲った時は成美51歳になっていた。

俳人としての成美は、大島完来、鈴木道彦、建部巣兆らとともに、江戸の四大家と併称されるほどの実力者だった。遊俳であるから弟子は取らず、家業の余技として俳諧を大いに享受していた。温厚篤実な人柄で人々にも慕われ、彼の周りには常に多くの俳諧を嗜む人々が集まった。もちろん加舎白雄《かやしらお》、加藤暁台《きょうたい》、高井几董《きとう》といった著名な俳人たちとの交流もあった。彼の作風は一般的に都会的で清雅であり、その姿勢は、芭蕉の「高悟帰俗」的精神を認識し、俗を去ることだといわれている。51歳で長男に一切を譲った後、成美は多田の森の裏に田地を買い求め、「随斎庵」と呼ばれる隠居所を新築した。ここで成美は好きな俳諧を大いに楽しめるようになったわけだが、この時一茶は37歳、6年間の西国行脚を終えて江戸に戻った直後だった。成美と一茶の交際はこの頃から始まる。

一茶は、たびたび成美の随斎庵に出入りしていた。一茶にとってこの場所はさまざまな役割を果たしていたようだ。

まず生活の場である。いずれも文化8年、「随〔斎〕十三宿」（随斎庵に13泊の意味）「随〔斎〕九宿」「随〔斎〕七宿」というように、一茶は長逗留をすることもあった。長逗留の間の身の回りの細かい出来事を、一茶は日記に漏らさず記録している。たとえば、「随斎老犬死ス　十五才ナリト云」（文化4年6月13日）「随斎下女等はやり風ニ臥ス」（文化8年5月3日）などである。ただ何もせず逗留させてもらうのも多少気が引けたのだろう。「随斎屏風修造」（文化7年3月4日）、「随斎煤払」（文化7年12月8日）のように、家の雑用を手伝うこともあったらしい。時には長逗留が災いして、本家の「金子失ス」という事件に巻き込まれ、文化7年11月3日から8日まで「不許他出」という状況に遭遇することもあった。

次に俳諧修養の場としては、先の日記に「随斎庵出席（出莚）」「賛亭会」「成美会出席」などの記録が見られる。この資料の中で特に興味深い点は日付で、その多くが月の7、17、27の各日である。これに関して郷土史家の小林計一郎氏は次のように指摘する。

随斎庵ははじめ二七日に行なう月並会だったらしいが、（文化）二年九月ころから七の日ごとにするようになり、（文化）二年十月には七日、十七日、二七日、三年にも七の日ごとに行なっている。(1)

先に列記した一茶の随斎庵関連年譜を見ても、随斎庵での句会は七の日を定例日としていたようだ。

また、一茶にとって随斎庵の役割の第三は、情報交換と人間交遊の場であったことである。

たとえば、文化3年11月27日の「ヲロシア漂流人磯吉といふものの咄あるによって随斎会延引」という記事である。これに関して『一茶全集（第二巻）』の上欄に、注意書きとして次のように説明されている。

文化元年九月、ロシアの使節レザノフが日本の漂流民四名（津太夫ら）をつれて長崎に来、貿易をもとめた。磯吉なる者はその一人であろうか。(2)

確かに文化元年（1804）、レザノフは第2回ロシア遣日使節として日本に通商を要求し、長崎に来航した。公式文書ではその時の4人の漂流民は津太夫、義平、左平、太十であり、磯吉という人物はいない。しかし、木崎良平氏の『光太夫とラクスマン―幕末日露交渉史の一側面―』（刀水書房、1992）には漂流民磯吉の名前がはっきりと登場する。磯吉は天明3年（1783）に遠州駿河灘で遭難した伊勢国奄芸郡白子浦（三重県鈴鹿市白子）の神昌丸という船の乗組員の一人で、遭難当時は21歳であったという。遭難後、船頭の大黒屋光太夫らとともにロシア人に救助され、10年間ロシアに滞在した後、寛政4年（1792）、ロシア第1回遣日使節の39人の乗組員と漂流人の二人とともに、エカテリナ号という船で日本に帰還した。ちなみにこの時一茶は30歳、西国行脚に出発した年である。

その後、当時の通例として外国からの帰還民は、日本人の海外渡航を禁じた「寛永の鎖国令*」に触れるものであったため、その出国理由の如何を問わず、奉行所に送られた。磯吉らも北海道の松前から江戸町奉行所に送られ、取り調べを受けたが、最終的に寛政6年（1794）に一応の決着を見て、厳しい罰からはほど遠く、長い年月にわたる苦難にもかかわらず、よく帰国したという賞賛的な趣旨のものだったという。

つまり、随斎庵も、芝蘭堂**のようなおそらく文人墨客が集うサロンであり、光太夫のような人を呼んで興味深い話を聞くという機会が多くあったのだろう。こうした多種多様な当時のサロンが、一つの情報収集・交換の場となっていたのである。

なお、随斎庵にはほかにもいくつかの役割があったことが、一茶の日記やその他

＊寛永鎖国令…江戸幕府が鎖国政策を断行するために発した法令。1633、1634、1635、1636、1639の各年、5回にわたる。

の資料から分かっている。
その一つは、さまざまな催し物を行うための「場」であったことである。一茶の日記にはそれに関連する記述も見られる。

文化元年（1804）8月16日　随斎茶ばんあり
文化5年（1808）3月20日　上野角田川随斎の花見今日也
文化7年（1810）1月5日　随斎二在福引
1月6日　随斎本家北斗祭
3月11日　随斎角田川花見
4月30日　今夜おでん義太夫本家にてかたるという
6月6日　成美北斗祭
9月13日　随斎舟遊

「茶ばん」とは「茶番狂言」のことで、ありふれたものを材料として道化たことを演ずる狂言である。花見なども、場所が隅田川に面していたので、そこで常連と

＊＊**芝蘭堂**…天明6年（1786）仙台藩医大槻玄沢が江戸京橋に開いた蘭学塾。江戸を転々とした。寛政元年（1789）入学盟規を造り、門人名を記録。蘭学入門書『蘭学階梯』の普及とともに、全国から俊秀が集まった江戸蘭学の中心的存在。その他にも、鈴木道彦、巣兆、完来などの当時の有力俳人や儒学者、学者とも交流した。

ともに興じたのだろう。これら以外にも、もちろんさまざまな催しが行われていた。こうした芸能観賞などのための「場」としても、機能していたのである。

もう一つ、随斎庵は「文音所」あるいは書簡の中継地点としての役割を果たしていた。これは日記からではなく、一茶が郷里柏原に定住後、成美と交信した書簡の資料から分かる。

〈文化11年〉52歳

一月　二三晴　万和ニ出之　巣兆　一瓢　梅寿　道隣　一峨　白老　金令　久臧

東陽　雪岦　武陵　太笻　斗囿　秋元　右十四通成美ニ出之　賃四十八文

〈文化12年〉53歳

二月　七晴　東都文通　百二　一瓢　子盛　斗囿　素玩　一峨　久臧　梅寿　七

人成美ニ出ス

これは、一茶が随斎庵を一つの中継地点にして、江戸の俳友へ手紙を送っていた証拠である。当時の手紙は、江戸で転送するというステップが不可欠であったといわれるが、一茶の場合も随斎庵を中継地点として利用していたのではないかと想像する。

このように、江戸に戻った一茶の実力は広く認められて、多くの著名な人々と関わるようになるが、葛飾派との折り合いは年を追うごとに悪くなっていった。一茶41歳の享和2年（1802）、彼の才能を認めてくれていた同派の統主、四世野逸が白芹に「其日庵」の座を譲った。日頃から一茶をよく思っていなかった白芹は翌享和3年、一茶から二六庵の号を奪った。これは一茶を派から排斥することを意味している。

父の死、友の死

さらに、西国行脚から戻った一茶を待っていたのは、友人と父の死だった。まず、一茶の長年の生活庇護者であり、俳友でもあった馬橋の豪商大川立砂は、偶然一茶が泊まった寛政11年（1799）11月2日、急逝した。一茶は、彼の死をしのんで「挽歌」と題した文を書いている。

栢日庵《はくじつあん》は此道に入始てよりのちなみにして、交り他にことなれり。一茶は三月の末、いまだ踏《ふみ》のこしたる甲斐がねや、三越ぢの荒磯も見まくほしく、逆枕《さかまくら》旅立《たびだて》ば、主《あるじ》は竹の花迄見おくり給ひぬ。

今さらに　別ともなし　春がすみ　一茶

又の花見も　命也けり　立砂

とかりそめに云捨られしが、其愁情の感寂《かんじゃく》、かゝるべき前表なるか。しばしして見かへれば、いまだかなたに休らひます老《おい》の影の、しきりにものなつかしけり。それより夏秋も過《すぐ》る迄やゝ隣国を吟《さまよ》ひ、思はずも此里に来りて、すこやかなる再会を祝ひ、はた半時も病ふの顔を守る事は、誠に仏の引あはせなるか。いかなるすくせのゐにしなるか。

炉のはたや　よべの笑ひが　いとまごひ　一茶　捻香《ねんかう》(3)

一説には、一茶は奉公時代からここで世話になっていたとされる。一茶が下総方面を行脚する時、最も多く立ち寄るのはこの馬橋だった。大川家とは、立砂の子で後に一茶の門人となった斗圃とも生涯交流している。

寝すがたの　蠅追ふも　今日かぎりかな　　　　（『父の終焉日記』享和元年）39歳
父ありて　あけぼの見たし　青田原　　　　　　（『父の終焉日記』享和元年）39歳

立砂の死から2年後の享和元年（1801）4月、父弥五兵衛が傷寒《しょうかん》（今のチフスの類）にかかって倒れた。その知らせを受けて、一茶は急いで帰郷した。

4／23倒れる→4／29一茶と仙六（弥兵衛）を枕元に呼び財産を二分するように告げる（一茶39歳、仙六30歳）→5／3善光寺から名医塚田道有《どうう》を招いている→5／20危篤状態

一茶にとって今唯一の肉親である父にもしものことがあれば、郷里と自分とが切り離されてしまうという恐れを感じたにちがいない。1カ月あまりの看病にもかかわらず、5月21日、ついに父は他界。享年69歳だった。その間の様子をまとめたものが、これまでにも何度か紹介した『父の終焉日記』である。

一茶は看病当時、父が郷里に戻ることを勧めた遺書にしたがい、義母と義弟に財

産分与の話をもちかけた。強く反対され、彼らとの対立が起こった。さまざまな面で不安定となった江戸での生活をなんとかしたいと思う一茶にとって、必死な訴えであっただろう。この問題が決着するには10年以上の歳月を待たなければならなかった。一茶は、今後のことを思い悩みながら再度江戸の住まいに戻ったと推測される。

(二) 房総巡回

下総と上総

父の死後、一茶はまた江戸へ引き返した。この後10年ほど、また巡回俳諧師としての生活をしていく。

我星は　上総の空を　うろつくか　　富津（『文化句帖』文化元年）42歳

人は旅　日は朝朗《あさぼらけ》　けさの露　　流山（『文化句帖』文化元年）42歳
行くとしや　空の名残を　守谷迄　　守谷（『七番日記』文化7年）48歳

最初の「我星は」の句は、世の中の人たちはこの星祭を祝っているだろうが、自分は上総あたりを「うろついて」いるといった自虐の心境だろう。

先にも述べたように、一茶は、40歳を過ぎた頃から葛飾派との問題や身近な人の死を抱えて苦しい状況にあった。そんな中、相変わらず俳諧師として下総・上総方面を巡回する日々を送っていた。

若い頃の一茶は「我好きて　我する旅の　寒さ哉」（『西国紀行』寛政年中）と詠んだことがあった。旅は明らかに厳しいが、生き甲斐でもあり、何よりも心から好きだった。特にこの下総・上総は、昔から馴染みの俳友や門人が住んでおり、俳諧の教師として多くの人が温かく迎えてくれる、いわば一茶にとって第二の故郷であった。

この地域は江戸近郊の農村地帯であったが、一茶の頃になると商品経済が広がり、富農・富商を中心に地場新興産業が発展し、自ずから多くの文人墨客が集う場所となっていた。たとえば、一茶より3歳年上の葛飾北斎（1760〜1849）が一時住んでいた利根川沿いの布川や、一茶より18歳年上の地理学者伊能忠敬（1745〜1818）を生んだ佐原などは、下総の中でも代表的な文化都市だった。

一方、上総も一茶を慕う人が多かった木更津などは船が頻繁に往来し、江戸そのままのにぎわいを見せていたところである。農漁村ではあったが、文化的にも江戸に引けをとることなく、文人墨客を見る人々の目もおそらく肥えていたにちがいない。

こうした地域を舞台に、一茶を親しく迎え、ついて学び、共に暮らそうという風雅の嗜みをもとめる人々は多く、彼らの意欲と情熱に支えられながら、巡回教師一茶のネットワークが自然に形成されていったと考えられる。

しかし、好きで入った俳諧の世界ではありながら、一茶は「はいかい地獄」と思い詰めることもあったかもしれない。寛政元年（1804）7月7日、牽牛《けんぎゅう》と織姫《おりひめ》の二つの星が年に一度逢う七夕の日に、たまたま富津にいた一茶は二つの星を思い、さまよい歩く自分、人並みに結婚もしないでいる自分自身を見つめていただろう。次第に老いていく我が身から、無常感、孤独感を強めていた時期でもある。

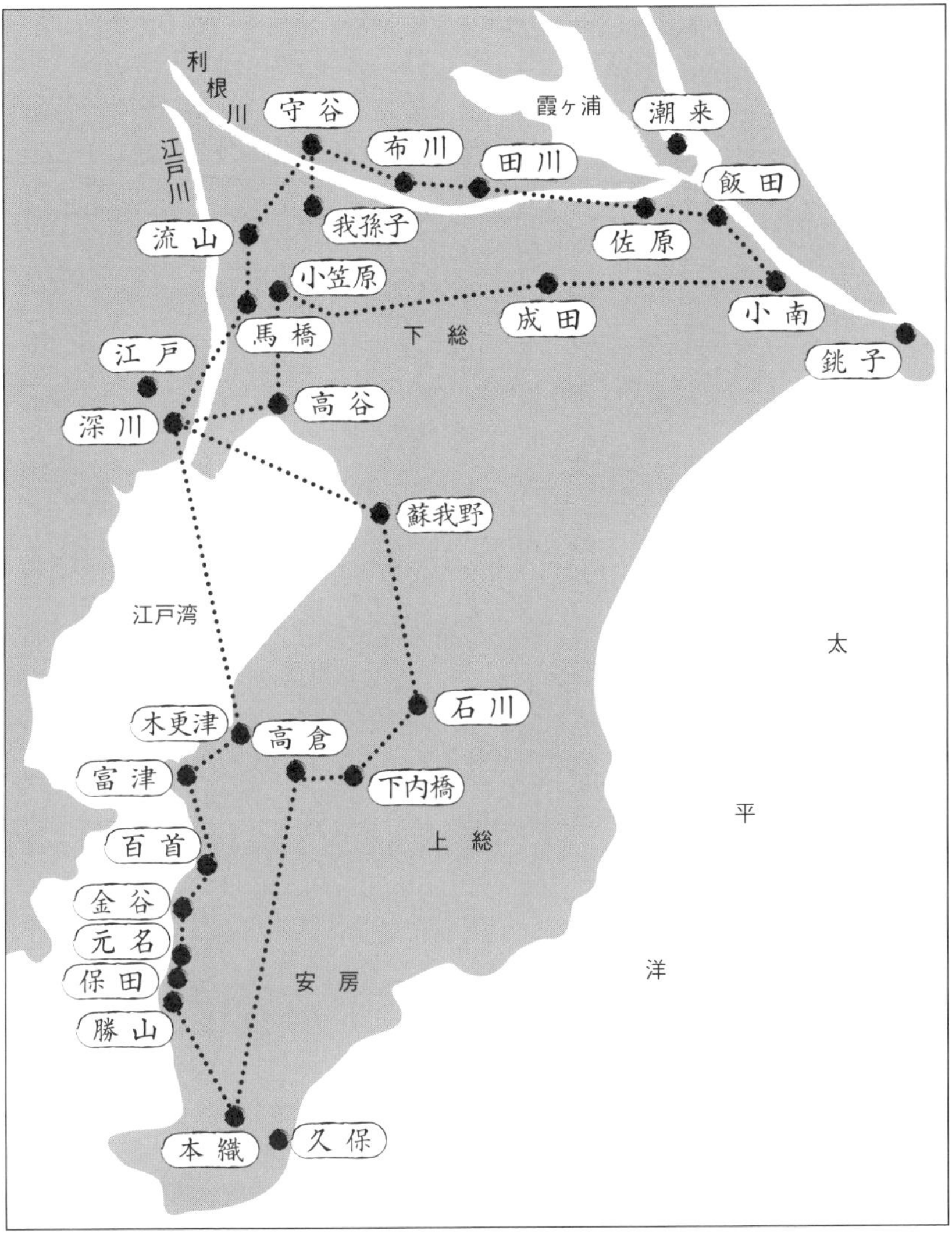

下総・上総の中で、一茶が３回以上立ち寄っている場所

享和3年（1803）、41歳の頃、一茶は隅田川東岸の本所五ッ目、大島愛宕町にある勝智院愛宕社に住んでいた。勝智院の住職栄順（俳号白布）は葛飾派四世其日庵野逸の門人で、野逸は一茶と親しかったので、門人白布に頼んで勝智院に間借りさせてもらったようである。その後、本所相生町五丁目へ引っ越して、46歳頃までそこに住んでいた。一茶は、ここを拠点に下総・上総地方の馴染みのルートを巡回していた。

一茶の句帖などを見ると、下総方面は行徳船*などを利用して江戸川を渡って陸路から巡っていたようだ。深川河岸《かし》から江戸川を上り、おそらく関宿などで乗り換えたのだろう。利根川を下って再び戻るコースで、特に拠点としたのは立砂のいた馬橋をはじめ、秋元双樹**の流山、西林寺住職鶴老の守谷、回船問屋を営む月船の布川、田川（一白）、佐原《さわら》（恒丸、もと女）などだった。

一方、上総から安房方面には主に海路を利用し、江戸湾を木更津（雨十）へ渡り、富津（文東、花嬌、子盛、徳阿）、百首、金谷、元名、勝山を巡って再び船で江戸に戻るコースだった。日帰りの時もあれば、1〜2カ月の長い巡回の旅の時もあったようである。

＊**行徳船**…当時江戸と下層を結ぶ唯一の交通網であった。「行徳船」の往来は頻繁で、この当時江戸小網町河岸から現在の市川市行徳四丁目地先にあった行徳船場にいたるものであった。（杉谷徳蔵『小林一茶と房総の俳人たち』暁印書房参照）

＊＊**秋元双樹**…豪商。味醂、酒、しょうゆ、みその醸造元。文化元年10月には一茶の転居を祝って家財道具を贈っている。文化9年56歳で没。

晴　舟ニ乗木更津二人　夜小雨
海の月　扇かぶって　寝たりけり
寝心や　膝の上なる　土用雲

『享和句帖』（享和3年）41歳

ところで、一茶と房総との関わりは、いつ頃から始まったのだろうか。下総馬橋の豪商大川立砂の家で奉公していたことが事実であれば、一茶が上京した直後からということになるが、これについては確証がない。現在明らかなのは、一茶が「葛飾派」に入門した天明年間（1782〜1788）、まだ「圯橋」「菊明」と名乗っていた頃（20〜26歳）には下総をおとずれていたことだけである。いずれにしても、一茶が本格的に俳諧の世界に入り始めたと同時に房総とは関わりが始まり、その関係はかなり古いといってよいだろう。

一茶にとって房総はどのような場だったのだろうか。第一に修養の「場」であったことはいうまでもない。「葛飾派」は、前述したように隅田川の東部に位置する葛飾を中心に、下総上総の農漁村地帯を地盤にしていた結社だった。西国行脚から戻り、次第に頭角を現してきた一茶も、この地域に自らの社中を形成し始めたが、地域で結成されている連の中には、他派の系統のものも少なくない。一茶は、他派の連衆とも頻繁に歌仙を巻いた。それはいわば他流試合の機会でもあり、自らの実力を認めてもらう場でもあっただろう。

第二は、生活収入源としての「場」であったことである。一茶は、業俳と呼ばれるプロの俳諧師であり、各地域の門人や俳友と歌仙を巻き、指導した。あるいはさまざまな情報を提供することで収入を得ていたのである。西国行脚から帰り、房総の人々も迎え入れてくれるようになったとはいえ、いつの世でも文学で身を立てることは容易ではない。俳諧で生計を立てようとした一茶も例外ではなかったはずである。

房総の俳諧集団

化政期における房総の文化は、大都市江戸との地理的関係を抜きには考えられない。この地域は江戸近郊の農村地帯および漁村地帯であった。「江戸の台所」とも呼ばれて、特に江戸との密接な関係によって大いに文化が発達した。一茶の頃になると、商品経済が一層拡大し、富農・富商を中心にいわゆる地場産業が発展した地域は、多くの文人墨客が集う場所ともなった。

房総でも、俳諧を生活の中で共通の嗜みとする人々が俳諧集団を結成していた。いくつかの異なった系統に属する地元の指導者を中心に、「連」「連衆」「社中」と呼ばれる俳諧集団が、大きいものから小さいものまで数多くあった。たとえば、「守谷連」「木更津連」「富津連」「佐原連」などがそれである。

こうした「連」の多くは、一茶が所属する「葛飾派」系の集団だが、中には関東俳壇の実力者であった春秋庵加舎白雄の門下今泉恒丸《つねまる》を中心に常総に門弟400人を抱える「佐原連」も含まれていた。

こうした「連」はそれぞれ別系統とはいえ、お互いに閉ざされていたわけではなかったので、一茶も佐原にしばしば足を運び、恒丸や門人たちと積極的に交流しており、俳諧で結ばれたオープンなネットワークが生じていた。

房総での一茶は、各地域で組織している連と一緒に集い、歌仙を巻いて過ごした。次の歌仙は、上総富津の女流俳人花嬌*の家で催されたものの一部である。

＊**花嬌**…富津の名主織本嘉右衛門の未亡人。対汐庵と号す。文化７年（1811）９月３日没。『七番日記』（文化９年４月４日）に「花嬌仏　目覚しのぼたん芍薬でありしような　何をいふはりあひもなし芥子の花」と詠んでいる。

文化六年三月対潮庵において

かい曲り　寝て見る藤の　咲にけり　花嬌

薪をわる音に　春の暮れ行く　文東

細長い　山のはづれに　雉子《きじ》啼《ない》て　一茶

鍋ぶた程に　いづる夕月　花嬌

烏帽子《えぼし》着て　風にふかるゝ　萩の花　徳阿

貢《みつぎ》の酒の　桶つくるらん　文東

牛の子を　秤にかけて　淋しがり　花嬌

独《ひとり》経よむ　までになりしや　徳阿

山科は　牡丹の花の　さかりにて　文東

糸を染め待つ　人もなし　一茶(4)

『文化句帖』補遺（補）では「三月五日」と明記してある歌仙で、『文化六年句日記』によると、一茶は3月3日富津に入り、同11日まで滞留している。徳阿は菩提寺大乗寺の住僧、文東は富津を知行していた小笠原藩の医師、この時は花嬌の子の子盛も加わっていて、どこか和やかな雰囲気の中で歌仙が巻かれたように感じる。このように、地域で俳諧を嗜む人々は、一茶を俳諧の教師として、また俳友として温かく迎えてくれた。夫婦や親子で、あるいは家族ぐるみ、村の俳諧連全体でもてなしてくれることもあった。一茶は、日記に毎日の出来事や自作の句や歌仙などを書きながら巡回していた。

次第に房総にも、一茶を師と仰ぎ指導を受ける門人も数を増していった。一茶は、自らの結社（社中）をまとめる意味から文化2年（１８０５）、43歳の時に『一茶園月並』という定期刊行物を出している。これによって、この地方の門人や俳人に声をかけ、投稿句を毎月集め、自ら批評指導にあたりながら、学修交流を図っていた。

「月並」とは、一般投句者を対象とした月例句会のことである。この頃になると、発句作りが盛んになり、宗匠が出した題に広く一般から、締切日を決めて句を募集し、高点句には商品を与えたり、入選句を小冊子に印刷して投句者に返送したりということが活発に行われていた。

『一茶園月並』は、「入花料」*と呼ばれる投句代金やそれの集金は門人が自主的に

＊**入花料**…発句・狂歌などの評点をつける報酬。点料。また、それを人選作として印刷する料金。

役割を決めていた。たいていは一茶の近くに住んでいた江戸橋の祇兵（木更津出身、自称干鰯商）が担当していたようである。一茶主宰の月並の入花料は24文だった。当時の一般的な相場は、だいたい二八蕎麦2杯分の32文といわれているから、一茶の料金は比較的安い方だったのかもしれない。

刷り上がった機関紙は「四方へ呈出」して、投句者のもとに届けられる。そのため、地域の起点となる連絡所が事実設けられていて、前述した「便所」または「文音所」と呼んだものである。下総方面は流山の秋本双樹の家が便所であり、刷り上がった機関紙は一括して双樹に託され、双樹から門人たちに届けられる仕組みだった。

次は『一茶園月並』に載った句の一部である。題は「衣がえ」と「蚊」である。

金谷　蚊の声や　竹一本も　うつくしき　帆里
富津　有明の　笠のしずくや　蚊のゆくへ　花嬌
　　すだれして　別の旭や　ころもがへ　文東
木更津　蚊ばしらの　又ふきもどる　庵哉　白水

蚊の声や　外へ出れば　雪の不二　維石
衣がへ　正月礼に　出たりけり　大椿
づうづうと　蚊ののがれいく　朝戸かな　雨十
流山　蚊の声や　水に片寄る　牧の駒　東鶴(5)

こうした選題や句に用いられている表現を見ると、一茶の影響が多分に感じられる。一茶の作風やその姿勢は、次第に房総の門人たちにも浸透していったと考えられる。40代の一茶は、こうして房総地方を巡回して自身の俳諧網（ネットワーク）の形成にも積極的に取り組んでいて、そうした中で自らの老いの自覚と精神の円熟が顕著になっていく。

（三）老いの自覚

あのやうに　我も老いしか　秋の蝶　（『文化句帖』文化元年）42歳
我もいつ　あのけぶりぞよ　三ケの月　（『文化句帖』文化元年）42歳
年よりや　月を見るにも　なむあみだ　（『文化句帖』文化2年）43歳
ナケナシの　歯を秋風の　吹きにけり（『文化五・六年句日記』文化6年）47歳

一茶は、目は良かったが、歯が悪かったようである。50歳の時、残っていた1本の歯が抜けてしまったことを日記に書いている。

40歳を過ぎた頃から、一茶は自らの老いを句に詠み始めている。友人や父の死に直面した一茶の内部では、次第に無常感、孤独感が強まっていく。自己を深く見つめ始めた一茶は、無常の世の中で「あるがままの自分」「飾らない自分」を前面に出して生きていくことこそが大切だと考えるようになっていった。彼は自らを「景色の罪人」、生きているこの世界を「天地大戯場」と呼んだ。天地大戯場とは、この広い世の中で繰り広げられる、さまざまないのちの営みの舞台を意味する。

我たぐひは、眼ありて狗《いぬ》にひとしく、耳ありても馬のごとく、初雪のおもしろき日も、悪いものが降《ふる》とて謗《そし》り、時鳥のいさぎよき夜も、かしましく鳴とて憎み、月につけ花につけ、ただ徒に寝ころぶのみ。是あたら景色の罪人ともいふべし。

蓮の花　虱《しらみ》を捨る　ばかり也(6)

彼《あれ》は非これは是《ぜ》と、眼に角《かど》立てあらそふは人の常にして、いひしも云《いは》れしも、皆々今は夢となりぬ。本《もと》より天地大戯場とかや。(7)（傍点引用者）

若い頃は、どちらかといえば中興俳諧や江戸風のような洒落た作風に憧れ、表面的な情趣に関心を寄せがちであった一茶。この時期になるといのちそのものの本質的・内面的な情趣へと関心を移していった。一茶は句作の上でも、いのちの営みへの止《や》みがたい親愛から、創造しようとしていたと考えられる。模索の過程では、やややもすれば「俗談調、川柳調」になってしまったが、彼の根底では終始一貫、いのちの営みを熱愛していたのである。

貧しく、不安定な生活であり、時には冷たく、不人情なうき世であったが、それさえも彼には楽しく、その中に生きる自分自身が限りなく愛おしく、興味深いものに感じたであろう。

こうして、一茶の出会うすべてのことがらが句となった。辛酸も快楽も、人情も不人情も、卑賤も富貴も、生も死も。一切合切がいのちの営みとして音高く流れている。そこに目を凝らし、耳を傾ければ、すべてがそのまま句となる心境であった。

身一ツを　いきせいはって　とぶ小蝶　（『文化句帖』文化2年）43歳

苦の娑婆を　つく〱法師　〱哉　（『文化五・六句日記』文化6年）47歳

いざいなん　江戸は涼みも　むずかしき　（『七番日記』文化9年）50歳

自身の名声が高まるにつれて、葛飾派との折り合いは悪くなっていた一茶の40代。老いの自覚、精神の円熟、さらに江戸への反発などが複合されて、次第に故郷柏原へと心が動いていく。

注
（1）小林計一郎『成美と一茶』火燿、1975年、10頁
（2）信濃教育会編『一茶全集（第二巻）』信濃毎日新聞社、1977年、384頁
（3）信濃教育会編『一茶全集（第五巻）』信濃毎日新聞社、1978年、117頁
（4）同前書、278頁
（5）信濃教育会編『一茶全集（第七巻）』信濃毎日新聞社、1977年、363頁
（6）前掲『一茶全集（第五巻）』、16頁
（7）同前書、18頁

第五節　帰郷〜妻子の死と終焉〜

（一）定住

40代になった一茶は、「葛飾派」とは疎遠になりながら俳諧師としての名声は高まり、江戸に住みながら下総・上総の房総地方で俳諧の巡回指導をしていた。「いざいなん　江戸は涼みも　むずかしき」（『七番日記』文化9年、50歳）と詠んだように、江戸での生活に馴染みきれない気持ちと自身の老いの自覚によって、次第に心は郷里に向いていた。加藤楸邨氏は、著書『一茶秀句』（春秋社、２００１）で、40代の一茶の郷里への思いを次のように解説している。

初雪や　ふるさと見ゆる　壁の穴（「文化句帖」文化元年、42歳）

壁の穴からひろがった視界に、故郷奥信濃の感じが蘇ってきたのだ。雪を置い

た尾根は信濃の山並みを、木々は柏原の村を連想させ、望郷の思いにしばらく目を凝らしたに違いない。（中略）

天の川　都のうつけ　泣くやらん（「享和句帖」享和3年、41歳）

天の川がさえざえと半天に横たわってすがすがしい秋の夜だ。この美しい天の川を見て、都の阿呆な風流人どもは涙をこぼしていることだろうというのである。一茶の田舎者としての育ちでは、都会の空気はなじみきれないものがあったに違いない。(1)

40歳を過ぎた一茶は、房総地方を定期的に巡回する合間に、たびたび郷里に足を運んだ。父弥五兵衛死後、遺産分配問題を解決することが直接の理由だった。

郷里への通常の道順は江戸を発ち、大宮、上尾、鴻巣、熊谷、高崎、安中、碓氷峠、軽井沢という中山道、追分から小諸、上田、善光寺の北国街道に入り、郷里柏原へ向かうというコースだった。おおよそ6日から8日の行程で、暖かい日ざしの中を歩いて行くこともあれば、雪深い中を重々しく故郷に向かう時もあっただろう。遺産分配に反対する義母と弟を思い浮かべれば、心のどこかに何かが支《つか》える、重荷のようなものも感じていたかもしれない。

文化9年（1812）は、一茶が郷里柏原に戻って定住した年である。その年は6月から7月に帰郷した後、すぐまた11月17日に江戸を発って24日に柏原に到着。その翌日から古間、毛野の滝沢可候《かこう》宅や野尻などに宿泊し、12月24日に明専寺入口の丘右衛門の借家に移って、年を越した。

定住したこの年、一茶の柏原での記録に、前年まではない特徴が見られる。それまで一茶は、柏原では主に小升屋や桂屋という旅籠屋に宿泊し、ほかにはほとんど泊まっていなかった。だが、文化9年には本陣中村六左衛門宅に、6月1、8、9、19、21日と、かなりの回数泊まっている。これはなぜだろうか。実は一茶は前年、川東道の訴訟事件で江戸に出府していた本陣中村六左衛門（俳号桂国《けいこく》）を大いに歓待し、親交を深めていたのである。

一茶にとって、この有力者と懇意になったことは、ある意味一石二鳥だった。つまり、遺産分配を有利に進めて、郷里定住を実現できるということと、社中形成の有力な支援者となってもらえるということである。江戸での中村六左衛門に対する対応も、一茶の計算の中にあったのだろう。

翌年の文化10年1月26日、一茶51歳の時、遺産分配問題は、小林家の菩提寺である明専寺《みょうせんじ》住職の調停により、ようやく弟仙六（弥兵衛）と和解することとなった。ただし、前述したように、一茶46歳の文化5年（1808）8月、父弥五兵衛の遺言状に従って仙六と亡父の遺産を折半する約束をし、「取極一札之事」を村役人に差し出しているので、一茶はすでに柏原の本百姓になっていた。分割した田畑の収益は当然一茶の収入だったわけである。継母と弟の反対によって延ばされていた家屋敷の分割について、一茶の主張がほぼ全面的に認められたのである。

春立や　菰《こも》もかぶらず　五十年　（『七番日記』文化9年）50歳
是がまあ　つひの栖《すみか》か　雪五尺　（『七番日記』文化9年）50歳

一茶の心境は、どのようなものであっただろうか。おそらく、やっと念願がかなった喜びと合わせて、これまでよく「菰もかぶらず」、また非業の死もとげずに、50年生きてきたという安堵の気持ちが入り混じっていただろう。その一方で、ここが自分の「つひの栖」なのかという、どこかうら寂しい無常も感じたにちがいない。

ともかくも、一茶は51歳にして故郷に定住した。生活の場を安定させ、懐かしく親しみ深い環境に包まれることで、いっそう「おらが世界」を深化させていくことになる。

(二) 家庭

遺産分配問題が解決した翌年の文化11年（1814）4月11日、一茶は母の実家である二之倉の宮沢徳左衛門の世話で、その親類にあたる野尻宿新田赤川の常田久右衛門の娘菊と結婚した。一茶52歳、菊28歳だった。親子ほど離れた遅咲きの結婚ではあったが、親類縁者はもとより、すでに形成されていた一茶社中の門人たちも、彼の結婚を祝った。一茶としては、50歳を過ぎて結婚する自分を、白髪も多くなった「天窓《あたま》をかく」しながら、気恥ずかしく感じていたのだろう。この時の気持ちを俳文に記している。

五十年一日の安き日もなく、ことし春漸《やうや》く妻を迎へ、我身につもる老を忘れて、凡夫《ぼんぷ》*の浅ましさに、初花に胡蝶の戯るゝが如く、幸あらんとねがふことのはづかしさ。あきらめがたきは業《ごう》のふしぎ、おそろしくなん思ひ侍りぬ。

人の世に　花はなしとや　閑古鳥
吾庵《わがいお》は　何を申すも　藪わか葉
三日月に　天窓《あたま》うつなよ　ほととぎす
人らしく　更《か》へもかへけり　あさ衣《ころも》

千代の小松と祝ひはやされて、行すえの幸有らんとて、隣々《となりどなり》へ酒ふるまひて、

五十聟　天窓《あたま》をかくす　扇かな　（真蹟　文化十一年）（『俳文拾遺』(2)）

一茶が60歳の時、「凡夫」の上に卑下した「荒」をつけて「荒凡夫のおのれごとき…」(3)と書いている。これは自由な印象を持つ粗野な男、煩悩の人の意味で、一茶は煩悩即菩薩という〈自然《じねん》〉の状態を探るようになっていたのかもしれない。

文化12年正月には、「にげしなや　水祝はるる　五十聟」という句がある。当時、北信濃では、結婚の翌年の正月に婿さんに水をかける習慣があったようである。

＊凡夫…仏教の道理をまだ十分に理解していない者。平凡な人。

一茶の結婚生活は、ひとまず順調にスタートした。一茶はこれまで通り、北信濃の門人宅を巡回して歩く生活で、妻菊はごく普通の農家の婦人で働き者だったらしい。「妻隣ニ雇」「妻二倉雇」と一茶が日記にメモしていることからも、結婚翌年から田仕事の手伝いに、二之倉や隣の弟仙六（弥兵衛）宅などへ行っていたことがわかる。遺産分配では争ったが、この頃には仙六も椋《むく》という妻をめとって睦まじく生活していたようであり、一茶の家とも交流していた。一茶自身、俳諧指導のため長く家を空けることもあって、菊も隣の世話になることが多かったものと思われる。一茶は、親子ほど年の違う妻を思いやって、時には「妻卜庭ノ花見」や明専寺の宮くじに当たったなどといった、ほのぼのとした妻思いの一面をのぞかせるメモも見られる。

ところで、一茶は江戸俳壇を去る際、惜別の記念集『三韓人』を刊行している。序文は世話になった夏目成美が書き、関係のあった俳友の発句を掲載、さらに当時のそうそうたる人々と歌仙を巻いている。最後には、文化11年8月21日に没した伊予松山の栗田樗堂《ちょどう》の最後の手紙を復刻して掲載している。

（三）子どもたちの誕生と死

長男千太郎

小児の成長を祝して
たのもしや　てんつるてんの　初袷《はつあわせ》　（『七番日記』文化13年）54歳
千太郎に申
はつ袷　にくまれ盛に　はやくなれ　（『七番日記』文化13年）54歳

結婚した一茶にとって、もう一つの憧れは、自分でも味わえなかった一家団欒の風景であった。文化13年（1816）4月14日、一茶54歳の時、ついに待ちに待った我が子が妻菊の実家、常田家で誕生した。出産の日が近づいた4月5日に、一茶が菊を送って行き、赤川の実家に預けた。ちなみに、最初のお産は実家でするのがこの地方の慣例だった。

生まれたのは男の子で、幾千年も長く元気で生きてほしいという願いから、一茶はその子を「千太郎」と名づけた。一茶は、我が子の誕生がどれほど嬉しかったことだろう。

この頃の一茶の句日記を見ると、生まれる1カ月前と生まれた直後と二度、「たのもしや」の句を書き記している。いかに我が子の元気な成長を期待していたかがよくわかる。「はつ袷」の句は、生まれてきた赤子への呼びかけというより、一茶の祈りのように感じられる。自身の老いも考えて、早く育ってほしい、その祈りが「にくまれ盛に　はやくなれ」という言葉になったのだろう。

しかし、この幸せもすぐ一茶から離れていった。約1カ月後、千太郎は死ぬ。

時鳥《ほととぎす》　子ブッチョ仏　ゆり起せ　　（『七番日記』文化13年）55歳

「ゆり起せ」という言葉に、一茶の思い切れない悲痛な叫びが聞こえてくるようである。

なお、一茶はこの年10月に江戸に出ている。佐藤魚淵の『あとまつり』や、松井松宇の『杖の竹』の出版などのためである。また、11月19日には、江戸での庇護者だった夏目成美が亡くなり、一茶は追善供養の句会に参加した。暮れには、ひぜん(疥癬《かいせん》病のこと。ヒゼンダニの寄生による伝染性皮膚病)にかかり、守谷の西林寺で年を越している。翌文化14年3月、郷里の妻菊に手紙を送り、自身の状況や妻へのいたわりなどを伝えた。それは「ひぜん状」として知られている。

　去《さる》十一月より、ひぜん発し、外へ行《ゆく》も遠慮いたし居《おり》候所、十二月十三日より、足のうらへも腫《はれ》候へば、山寺に籠《こも》り療治仕《いたし》候。(中略)長々の留主《るす》、さぞ〳〵退屈ならんと察し候へども、病には勝《かた》れず候。其方《そのほう》にはうす着になりて風でも引かぬやうに心がけ、何はたらかずともよろしく候間、十四日*・十七日**の茶日《ちゃのひ》ばかり忘れぬやうに頼入候《たのみいりそうろう》。(4)

「十四日・十七日の茶日ばかり忘れぬやうに頼入候」に、祖母と母への思いと信仰心の強さが感じられる。

＊**十四日**…祖母かなの命日。安永5年8月14日没。
＊＊**十七日**…母くにの命日。明和2年8月17日没。

長女さと

長男千太郎を亡くしてから2年後、文政元年（1818）5月4日、長女が誕生した。物事に賢くあってほしいという一茶の願いから「さと」と名づけた。菊の出産を間近に控えた一茶は、安産を心から願い、日記にも妻が安産した夢を見たことを記している。

こぞの五月生れたる娘に、一人前の雑煮膳を居へて
這へ笑へ　二ツになるぞ　けさからは
（『七番日記』文政元年）56歳

7カ月が過ぎ、年も改まり、一茶は生まれてはじめて、我が子と正月を迎えた。さとはハイハイし、顔を見て笑うようになっていただろう。5月がくれば2歳になると、心の底から喜んでいたにちがいない。この頃のさとの様子を、一茶は有名な『おらが春』（文政2年、57歳）の中で生き生きと描き出している。

特に次の一節は、さとへの思いが最もよく表現されている。

こぞの夏、竹植る日のころ、うき節茂きうき世に生れたる娘、おろかにしてものにさとかれとて、名をさととよぶ。ことし誕生日祝ふころほひより、てうち〳〵あはゝ、天窓《おつむ》てん〳〵、かぶり〳〵ふりながら、おなじ子どもの風車といふものをもてるを、しきりにほしがりてむづかれば、とみにとらせけるを、やがてむしゃ〳〵しゃぶって捨て、露程の執念なく、直《ただち》に外《ほか》の物に心うつりて、そこらにある茶碗を打破りつゝ、それもただちに倦《あき》て、障子のうす紙をめり〳〵むしるに、「よくした〳〵」とほむれば誠と思ひ、きゃら〳〵笑ひて、ひたむしりにむしりぬ。心のうち一点の塵もなく、名月のきら〳〵しく清く見ゆれば、跡なき俳優《わざをぎ》見るやうに、なか〳〵心の皺を伸ばしぬ。又人来りて、「わん〳〵はどこに」といへば犬に指し、「かあ〳〵は」と問へば烏《からす》にゆびさすさま、口もとより爪先迄、愛嬌こぼれてあひらしく、いはゞ春の初草に胡蝶の戯るるよりもやさしくなん覚へ侍る。此おさな、仏の守《も》りし給ひけん、迨夜《たいや》の夕暮に、持仏堂に蝋燭《ろうそく》てらして鈴《りん》打ならせば、どこに居てもいそがはしく這よりて、さわらびのちいさき手を合せて、「なんむ〳〵」と唱《とな》ふ声、しほらしく、ゆかしく、なつかしく、殊勝也。(5)

「よくした〳〵」とほめる一茶、「心の皺をのばし」ている一茶、そして、さとの声や姿に「しおらしく、ゆかしく」思う一茶。こうした幼い我が子のけなげで無邪気な姿に、一茶自らも至福の時と感じながら、心を和ませていたのだろう。

だが、めでたい娘の雑煮膳から5カ月後、疱瘡《ほうそう》（天然痘の別称）にかかったさとの病状が悪化した。一茶と菊の必死の看病にもかかわらず、さとはこの世を去った。一茶は、『八番日記』に「サト女、此世ニ居事四百日、一茶見親（親しく見ること）百七十五日。命ナル哉、今巳ノ刻没。葬未刻。夕方斎フルマイ」と、さとがこの世に生きていた４００という日数と、自分と共に生活した１７５日の日数を記している。愛しい我が子を再び失った親の悲痛さが、この短い文章から伝わってくる。『おらが春』ではより詳しく表している。

楽しみ極《きはま》りて愁《うれ》ひ起るは、うき世のならひなれど、いまだたのしびも半《なか》ばならざる千代の小松の、二葉ばかりの笑ひ盛りなる緑り子を、寝耳に水のおし来るごとき、あら〳〵しき痘《いも》の神に見込れつゝ、今水膿のさなかなれば、やをら咲ける初花の泥雨《でいう》にしをれたるに等しく、側《そば》に見る目さへくるしげにぞありける。

是も二三日経たれば、痘《いも》はかせぐちにて、雪解《ゆきげ》の峡土《かひつち》のほろ〳〵落《おつ》るやうに、瘡蓋《かさぶた》といふもの取れば、祝ひはやして、さん俵法師といふを作りて、笹湯浴せる真似かたして、神は送り出したれど、益〳〵よはりて、きのふよりけふは頼みすくなく、終《つひ》に六月二一日の蕣《あさがお》の花と共に、此世をしぼみぬ。母は死顔にすがりて、よゝ〳〵と泣《なく》もむべなるかな。この期に及んでは、行水《ゆくみず》のふたゝび帰らず、散《ちる》花の梢にもどらぬくいごとなどゝあきらめ顔しても、思ひ切《きり》がたきは恩愛のきづな也けり。

　露の世は　露の世ながら　さりながら　　一茶(6)

一茶はしばしば、無常観を表現するのに「露」という語を用いている。この世ははかないものであることは知っている。知っているが幼い娘のなんと短い寿命か。思い切ろうとしても思い切れない一茶の悲痛さが、この句からも伝わってくる。一茶は、さとの死によって改めて、この世の無常と生命の宿命ともいうべき別れの悲しみを実感した。

当時は乳幼児の死亡率が高かった時代である。立川昭二氏の著書『日本人の病歴』（中公新書）の中に次のように説明がある。

岐阜県の医師須田圭三氏の労作『飛騨○寺院過去帳の研究』（昭和48年）には、飛騨のある寺院にのこされた江戸時代から今日にいたる一部落のほぼ二万人に及ぶ住民の生死の記録が、衛生統計学的に克明に分析されている。それによると、西鶴や綱吉の時代、いわゆる江戸時代中期までは死亡年齢の記録がないが、江戸時代後期になるとほとんど全員の享年が記録されており、平均死亡率が算出できる。つまり、明和八年（１７７１）から明治三年（１８７０）の江戸時代後期にあたる百年間の平均死亡年齢は、男二八・七歳、女二八・六歳となる。これは〇歳の平均余命で、この数値の低さは、いうまでもなく乳幼児死亡率の異常な高さによるものである。この時期の乳児（〇歳児）と幼児（一～五歳）の死亡は、全死亡の七十～七五％を占めている。(7)

同書には乳幼児の死亡原因も記述があり、1位、2位を占めたのは「虫（寄生虫）」などと呼ばれる小児病、次に疱瘡（痘瘡）、痢病《えきり》（赤痢）、傷寒（腸チフス）

などの急性伝染病だったようだ。一茶の長女さとも疱瘡だった。
一茶は、本当に子どもが欲しかった。一茶が我が子を失った時に詠んだ句がそれを物語る。

名月や　膝を枕の　子があらば　（『八番日記』文政2年）57歳
名月や　膳に這よる　子があらば　（『八番日記』文政2年）57歳
子ありてや　蓬《よもぎ》が門の　蓬餅　（『八番日記』文政3年）58歳

『八番日記』は、文政2年1月から文政4年12月までの句日記である。子どもが欲しいという彼の並々ならぬ願望は、「子があらば」「子ありてや」という言葉からも推測できる。

次男石太郎

岩には　とくなれさゞれ　石太郎　（『八番日記』文政3年）58歳

最《も》う一度　せめて目を明け　雑煮膳
（真蹟　文政4年）59歳

一茶が58歳の時、「子どもが欲しい」という願いが、再び天に届いた。文政3年（1820）10月5日、もう少しで北信濃に初雪が降り始める頃、次男石太郎が誕生した。今度こそ何があっても固い岩や石のように堅固な身体の子どもであってほしいという願いから、「石太郎」と名づけた。だが、一茶は再び苦しみの中に突き落とされることになる。

文政4年1月11日、石太郎が夭折。母の背中での不慮の窒息死だった。今まで何度も子どもの夢を見てきた一茶。生まれる夢や元気に成長している夢も見てはいたが、ことごとく当たるのは悪い夢ばかりである。まあこれも宿世かと、一茶は天を仰ぐ。石太郎をしのんで、文政4年1月の『八番日記』に、句と俳諧歌を記している。

十一日石太郎没
かがみ餅　祝《いわい》しかひも　なく烏

散花の　枝にもどらぬ　なげきとは　思ひきれども　思ひきれども
行水の　かへらぬこえぞ　〳〵とは　しりつつ泪　流れける哉

九十六日のあひだ雪のしら〴〵しき寒さに逢ひて、此世の暖かさをしらず仕廻ひしことのいた〳〵しく、せめて今ごろ迄も居たらんには

赤い花　ここら〳〵と　さぞかしな
陽炎や　目につきまとふ　笑い顔
なでしこの　なぜ折たぞよ　おれたぞよ(8)

また、「石太郎を悼む」と題して、窒息させた妻への恨みも綴っている。一茶の愛情の裏返しともとれる強い憎しみのようなものが感じられる。次はその一部である。

この度は三度目に当れバ、又前の通りあらんと、いとゞ不便さに、盤石《ばんじゃく》の立るに等しく、雨風さへこととおもせずして、母に押《おし》つぶさるゝ事なく、したゝか

長寿せよと、赤子を石太郎となん呼《よべ》りける。母にしめしていふ。『此《この》さゞれ石、百日あまりにも経て、百貫目のかた石となる迄、必ず背に負ふ事なかれ』と、日に千度いましめけるを、いかゞしたりけん、生れて九十六日といふけふ、朝とく背おひて殺しぬ。（中略）

悪い夢　のみ当りけり　鳴く烏

かゞみ開きの餅祝《いわひ》して居《す》へたるが、いまだけぶりの立《たち》けるを、

最《も》う一度　せめて目を明け　雑煮膳

一七日墓詣

陽炎や　目につきまとふ　わらひ顔

文政四年正月十七日捻香《ねんかう》　五十九齢一茶

行水の　迹へもどらぬ　くやみとは　しりつゝ涙　ながれつる哉

むごらしや　かはひやとのみ　思ひ寝の　眠る隙《ひま》さへ　夢に見へつゝ(9)

三男金三郎と妻菊

次男石太郎が死んで約1年2カ月、三男金三郎《こんざぶろう》が誕生した。たびかさなる我が子の死の不幸から、なんとか逃れたいという気持ちからだろう、一茶は石よりなお強い「金」という字を名につけた。

妻菊は、文政5年（1822）3月10日の金三郎出産後、産後の肥立ちがあまりよくなかった。痛風を起こし、一茶は巡回中の湯田中から急きょ、飛脚で帰宅している。この時菊の寿命があと1年であることなど、一茶は夢にも思わなかったであろう。

文政6年2月19日に菊が発病。「菊吐薬　人参湯」「菊女当帰芍薬散三黄散兼用」「野尻医師来」と一茶の日記にあるように、さまざまな治療にもかかわらず、4月から5月にかけて病気は悪化した。実家に戻り静養したが、日記は「(五月）三晴　菊女病悪、五晴夕雨　菊女凶、十二陰時々雨　菊女没」と続き、5月12日亡くなった。9年間連れ添い、普段巡回で家を空けることの多かった一茶に代わって家を守っていた菊は享年37歳の若さだった。この年の12月12日、母の乳を飲めなかった金三郎も世を去った。

(四) 終焉

ぽっくりと　死ぬが上手の　仏かな　(『文政九・十年句帖写』文政9年) 64歳

花の陰　寝まじ未来が　おそろしき　(『文政九・十年句帖写』文政10年) 65歳

妻と四人の愛児を失った一茶は、再び一人となってしまった。文政7年(1824)、62歳の一茶にとって、北信濃の冬を一人ですごすことは、この上なく孤独でつらいものであったろう。この年の5月に関川浄善寺の指月の世話で、飯山藩士田中氏の娘雪(38歳)と結婚するが、今風に言えば性格の不一致ということだろうか、2カ月半後には離婚している。

一茶は、自分の死ももう遠くはないことを予感していたのにちがいない。もし死ぬなら、阿弥陀さまにすがりながら、ぽっくりと上手に死にたいものだと思いつつも、どうしてもこの娑婆を捨てきれない生身である自分もいて、死後の世界への恐怖が起こっていた頃だろう。

文政9年（1826）、一茶は柏原の小升屋太兵衛方に乳母として雇われていた新潟県妙高高原町二俣《ふたまた》の宮下所左衛門《ところざえもん》の娘やを（32歳）を3度目の妻として迎えた。一茶はすでに病身であり、看病するという立場であったと考えられる。

一茶が亡くなった土蔵（一茶記念館提供）

土蔵住居して
やけ土の
ほかり〱や
蚤さはぐ
『文政九・十年句帖写』
文政10年）65歳

文政10年（1827）閏6月1日、柏原に大火があった。一茶の家も類焼して焼け残りの土蔵に移った。間口三間半

（6・3m）、奥行二間二尺（4・2m）、置屋根形式の茅葺平屋の粗末な土蔵である。

中風の後遺症で言語不明瞭であり、門人宅を点々としていた一茶は、帰宅した11月19日、この土蔵で65年の生涯の幕を閉じた。門人の一人西原文虎は『一茶翁終焉日記』で次のように記している。

ことし文政十年卯月のころ

我上へ　今に咲くらん　苔の花

といひしこと葉は、終《つひ》の浮世をしられたる也。しかるに閏六月一日、急火にかこまれ、俳諧寺の什物《じゅうもつ》一時《いっとき》の灰燼となる。されど三界無安の常をさとりて、雨ふらばふれ、風ふかばふけとて、もとより無庵の境界なれば、露ばかり憂ふるけしきもなく、悠然として老《おい》をやしなふありさま、今西行とや申しはべらん。かくて長月《ながつき》のころ、秋菊の露めでたければとて、しきりに門葉の招きに引立てられて、例の駕にたすけられ、爰《ここ》かしこに風狂《ふうきょう》し、霜月八日、帰庵の顔うるはしかりけるが、十九日といふに、ふとこゝち悪しき体なりけるを、申《さる》の下刻

ばかりに、一声の念仏を期として大乗妙典のうてなに隠る。(10)

一茶は、幼い頃境内でよく遊んだ菩提寺の明専寺で火葬され、寺の裏の小高い小丸山の墓に、妻や子どもたちと一緒に葬られた。一茶が死んだ時、3度目の妻やをのお腹には子が宿っていて、翌11年4月、次女やたが誕生した。やたは元気に成長し、一茶の血統を今に伝えている。

小丸山墓地にある一茶の墓（信濃毎日新聞社蔵）

現在、一茶の墓は柏原の小丸山墓地の中にある。小林家代々の墓で、一族の祖善右衛門を弔うために、孫の弥五右衛門（一茶の祖父の兄、本家弥市の祖父）が明和８年（１７７１）に建てた。一茶が９歳の時である。本家や同族の人たちをはじめ、一茶の祖父母、父母、継母、弟もみなこの墓に眠っている。

一茶は、この墓をたいへん大切にし、父母の命日には墓参りを欠かさなかった。旅先から妻にあてた手紙（ひぜん状など）にも命日の墓参りを欠かさないようにと頼んでいるほどである。

注

（１）加藤楸邨『一茶秀句』春秋社、２００１年、１４４頁～１４５頁
（２）信濃教育会編『一茶全集（第五巻）』信濃毎日新聞社、１９７８年、１３１頁
（３）信濃教育会編『一茶全集（第四巻）』信濃毎日新聞社、１９７７年、３３３頁
（４）信濃教育会編『一茶全集（第六巻）』信濃毎日新聞社、１９７７年、３６５頁
（５）同前書、１４７頁～１４８頁
（６）同前書、１５０頁
（７）立川昭二『日本人の病歴』中公新書、１９７６年、63頁
（８）前掲『一茶全集（第四巻）』、１５３頁
（９）前掲『一茶全集（第五巻）』、１３９頁～１４０頁
（10）信濃教育会編『一茶全集（別巻）』信濃毎日新聞社、１９７８年、55頁

第三章　一茶の思想

第一節　子ども観の背景と特徴

小林一茶の俳句と俳文を中心に時系列的に紹介してみると、彼の人生は幼い時期から壮年、晩年と波乱の人生だったといってよいだろう。この章では、一茶65年の生涯の中で培われた、彼の思想世界や独特の境地について述べてみたい。まず、一茶の子ども観から見ていこう。

(一) 子どもの句の背景

一茶には、子どもを詠んだ俳句が多い。人間の子どもをはじめ、動物の子、若い植物なども多く含まれている。

一茶が子どもの句を多く詠んでいることは、早くから指摘されていた。たとえば

＊**句稿消息**…文化9年冬、信濃に定住した一茶が江戸の夏目成美から添削・批評を受け、後に返却されたものを後日一括して製本した。

＊＊**宮沢義喜《よしき》**（1873〜1926）…上水内郡戸隠村（現長野市）生まれ。松本中学校を経て皇典講究所。明治26年宮沢岩太郎と会い、29年に卒業後、山梨県立甲府中学校（現県立甲府第一高校）、上田中学校（現上田高校）で教鞭を取る。大正5年教

江戸在住時の庇護者、支援者であった札差問屋の夏目成美は『句稿消息』*（文化9年）の中で、「ぼた餅　御の字　地蔵　あこ　右は貴翁の口癖のやうにて　めずらしからづ候」[1]と書いている。

「あこ」は「吾子」と書き、古くは「あご」とも呼ばれた。①我が子、自分の子の意、多くは直接呼びかけていう語　②目下の近親者、あるいは童男・童女などを親しみをもって指し、また呼びかけていう語　③児童の自称、という意味がある。[2]これらを総合して考えると、「あこ」は広い意味で子どものことであろう。事実『句稿消息』の中にも、「泣な子ら　赤いかすみが　なくなるぞ」「梅さくや　子供の声の　あなかしこ」など、数多くの子どもの句が入っている。

近代に入ってからも一茶の研究者の多くが、一茶の句の中に子どもの句が極めて多いと指摘している。

正岡子規は、「彼（一茶）の句の小児の可憐なる有様を述べたる者極めて多し」（宮沢義喜**・宮沢岩太郎***編『正岡子規宗匠校閲批評俳人一茶』（東京三松堂発行、1897）[3]と、津田左右吉は、「一茶は、実に子どもが好きだった。子どもの句を、彼ほど多く作った俳人は、全くほかに比類が無い。（中略）子どもの心理や行為を

職を退き、戸隠神社、鳥取県大神山神社、奈良県丹生川神社で宮司を務め、53歳で没。

＊＊＊宮沢岩太郎（1867〜1898）…旧水内郡小島村（現長野市柳原）生まれ。地元の小学校の教頭などを務めた後、皇典講究所（現國學院大学）に入学、長野尋常中学校助教諭。辞令発令直後31歳で他界。

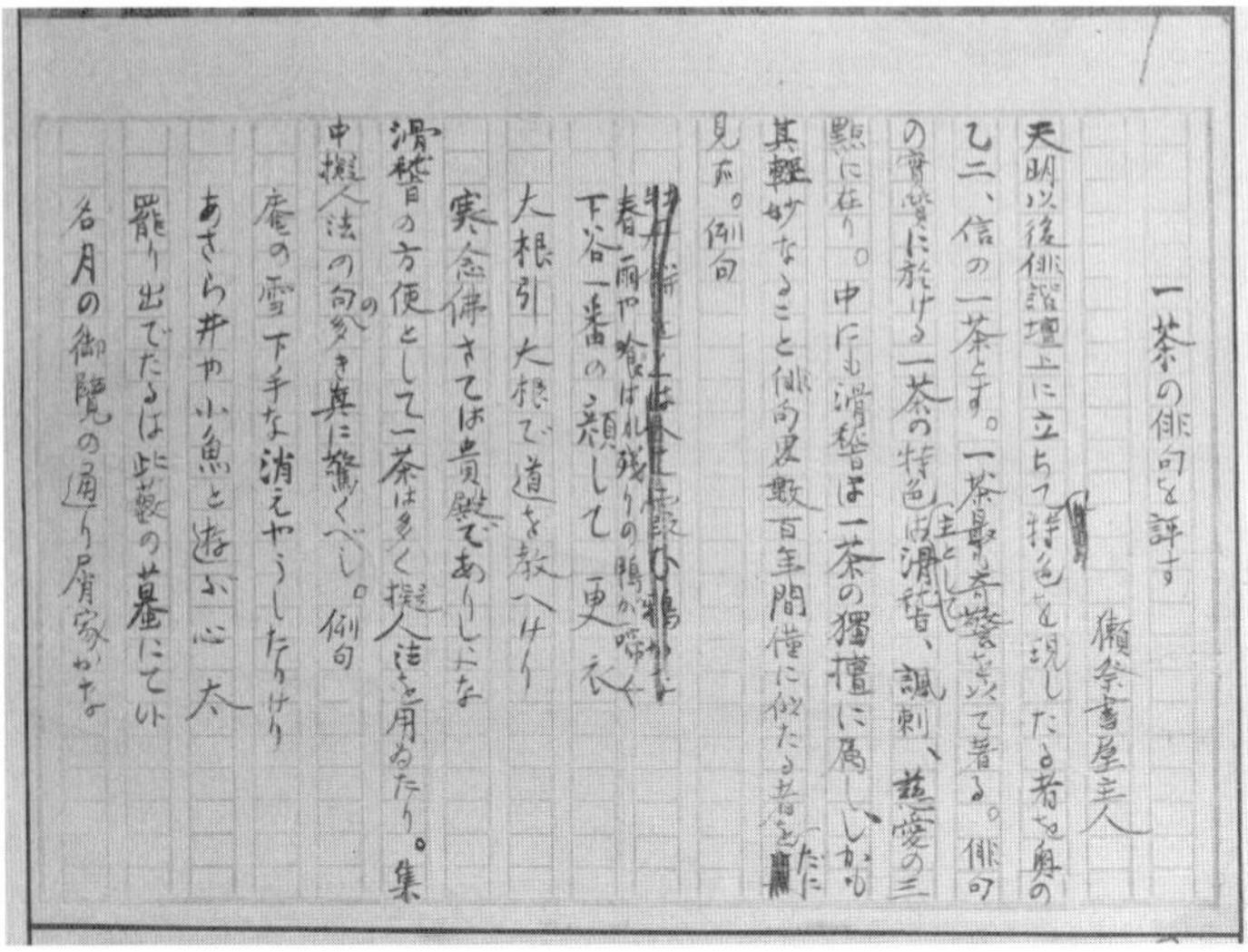
一茶の俳句を評す　獺祭書屋主人
天明以後俳諧壇上に立ちて特色を現したる者を奥の乙二、信の一茶とす。一茶最も奇警を以て著る。俳句の實質に於ける一茶の特色は主として滑稽、諷刺、慈愛の三點に在り。中にも滑稽は一茶の獨壇に属し、しかも其軽妙なること俳句界数百年間僅に似たる者を見ず。例句
春雨や喰はれ残りの鴨が啼く
下谷一番の顔して更衣
大根引大根で道を教へけり
実念佛さては貴殿でありしよな
滑稽の方便として一茶は多く擬人法を用ゐたり。集中擬人法の句の多き真に驚くべし。例句
庵の雪下手な消えやうしたりけり
あさら井や小魚と遊ぶ心太
罷り出でたるは此藪の蟇にて候
名月の御覧の通り屑家かな

正岡子規による一茶論評の原稿（宮沢豊穂氏蔵）

各方面から描写している」[4]と、それぞれ指摘している。正岡子規は同じ著書で一茶の句をこう論評している。

　天明以後俳諧壇上に立ちて、特色を現はしたる者を、奥の乙二、信の一茶とす。一茶最も奇警を以て著《あらわ》る。俳句の実質における一茶の特色は、主として滑稽、風刺、慈愛の三点にあり。中にも滑稽は一茶の独壇に属し、しかも其軽妙なること俳句界数百年間、僅に似たる者

をだに見ず。(5)

明治期の俳句革新運動の中心的人物だった子規は『墨汁一滴』や『病牀六尺』などを著し、明治30年に『ほととぎす』を刊行、翌31年に根岸短歌会を創設している。子規の論評は、一茶の生き方と作品に初めて近代的評価を与えたもので、時の人であった子規の論評は当然注目された。つまり、この論評は子規による唯一の一茶論評であると同時に、浪漫主義的風潮の中で、一茶が世の中の注目を集める一つのきっかけとなり、その後の一茶研究に影響を及ぼしたといえる。

また、早稲田大学で教鞭を取り、さまざまな独創的な通史をまとめた歴史学者の津田左右吉も、有名な『文学に現はれたる我が国民思想の研究』の「平民文学の時代　第十章　文学の概観七　俳諧下」の中で、一茶を高く評価している。

我が国民文学の歴史に於いて、これほど特異の地位を有っている詩人は殆ど比類がない。近代に至って地下の一茶が新たなる多くの崇拝者を得たのは、当然である。（中略）凡そ二百年の俳壇に於いてかくまでに自己の感慨を、その世に対し人に対する好悪の情さへも、率直にまた端的に道破したものは決して他にあるまい。のみならず、彼はいはゆる風雲月露に対しても、花鳥の色につけても、すぐに彼の社会観と人生観とを直叙《ちょくじょ》(感想などを交えずそのままを述べること)する。(6)

実際、一茶はどれほどの子どもの句を詠んでいるのだろうか。一茶の全句約1万8700句を収録する『一茶全集(第一巻)発句』(1979)をもとに、次のような基準で年代別に整理してみた。

①あくまで人間の子どもに限定
②年代が不明な句は除く
③直接人間の子どもを表す語(童、児など)がなくても、内容上明らかに子どもを詠んだ句(例:這へ笑へ二ツになるぞけさからは)

一茶が詠んだ「子ども句」の年代別句数

年	一茶年齢	句数	年	一茶年齢	句数	我が子の誕生
寛政2	28	0	文化6	47	1	
3	29	0	7	48	9	
4	30	2	8	49	7	
5	31	4	9	50	13	
6	32	1	10	51	33	
7	33	1	11	52	21	
8	34	0	12	53	7	
9	35	0	13	54	24	千太郎
10	36	0	14	55	15	
11	37	0	文政元	56	35	さと
12	38	0	2	57	57	
享和元	39	0	3	58	36	石太郎
2	40	1	4	59	46	
3	41	3	5	60	45	金三郎
文化元	42	9	6	61	19	
2	43	5	7	62	32	
3	44	4	8	63	22	
4	45	3	9	64	3	
5	46	3	10	65	2	

（『一茶全集（第一巻）発句』より集計）

一茶は40歳頃まで、ほとんど子どもの句は詠んでいない。文化年間に入ってから見られるようになり、郷里定住以降、急激に増加している。文化9年暮れに柏原に来て、翌10年に遺産相続問題を解決し、本格的に定住した。なぜ一茶はこの時期に子どもの句を数多く詠んだのだろうか。

郷里柏原に定住を決めた一茶は、翌11年に妻を娶《めと》り、念願の家庭を持った。しかし、平穏な生活も長くは続かず、次々と一茶に不幸が押し寄せる。文化13年（54歳）から文政6年（61歳）までの我が子四人と妻の死である。

一茶は、妻と我が子がいる平穏な家庭を夢見ていた。その思いが強かったために、彼の悲しみも一層大きかったと思われる。視界に入ってくるさまざまな風景の中で、一茶が特に幼い子や小さなものに関心を向けるのは、ごく自然なことだったのだろう。

朝霜や　しかも子どもの　お花売り　（『八番日記』文政3年）58歳
あんな子や　出代にやる　おやもおや　（『文政句帖』文政6年）61歳

「朝霜」の句には、「善光寺」という前書きがあるので、おそらく善光寺で詠んだものだろう。

一茶の子どもへ寄せる気持ちは、彼の幼い頃を思い起こさせたとも考えられる。事実この時期に、一茶が自身の幼少時代を回顧して詠んだと思われる句も多い。

我と来て　遊べや親の　ない雀　（六歳弥太郎『おらが春』文政2年）*

ままっ子や　涼み仕事に　わらたたき　（『八番日記』文政2年）57歳

一茶がこうした句を詠んだ理由として、彼自身の非力感や劣等感、あるいは一茶の過去における屈折した気持ちなどからだといわれることがある。だが、私は決してそうではないと考えている。子どもの句を統計的に調べてみた結果、そうした句の方が、生き生きとした子どもの様子を詠んだ句に比べて極めて少ないからである。

やはり私は、一茶の数多くの子どもの句は「定住が決まって人並みの平凡な家庭と家族が持ちたい」「我が子が欲しい」という彼の素朴で純粋な気持ちからであると考えたい。一茶の心は、決して晩年まで屈折していたわけではない。むしろ、晩

＊「成美評句稿」では、「八歳の時」と前書きし、中七が「遊ぶや親の」となっている。

年になるにしたがって精神的に純化されていったのではないか。事実一茶は、世を去る1年前にこんな句を詠んでいる。

まま子花　いぢけ仕廻も　せざりけり（『文政九・十年句帖写』文政9年）64歳

また「名月を　取てくれろと　泣子哉」（『おらが春』文政2年）という有名な句は、我が子を失って、今目の前にいない時に詠んでいる。そんな時でさえ、「もし我が子がいたらこういうことをいうかもしれない」「こんなふうに振る舞うかもしれない」と想像して詠んだと思われる句が数多く見られる。このことは、一茶の〝子どもの見方〟にも関連する極めて興味深い点であり、明らかに「とにかく我が子が欲しい」という彼の切なる願いの表れに他ならない。

余談だが、「名月を」の句は、秋の夜に大きく光る満月を取ってくれとせがむ幼児の姿が目に浮かぶようだ。時折子どもは大人にとんでもない難題を持ちかける。英語でも「Cry for the moom（クライ　フォー　ザ　ムーン）」という表現があって「無いものねだり」と訳される。アメリカの絵本作家エリック・カールに『パパ、お月さまとって』という絵本もある。一茶が知れば、感動するかもしれない。とにかく、子どもをこうした目で見るところに、私は一茶への格別の魅力を感じる。ほかにも一茶には、子どもと月を詠んだ句がいくつもあるので紹介しておこう。

名月を　にぎにぎしたる＊　赤子哉　（『七番日記』文化8年）49歳
ののさまと　指《ゆびさし》た月　でたりけり　（『文政句帖』文政5年）60歳
なむ〱と　名月おがむ　子ども哉　（『文政句帖』文政8年）63歳

(二) 子どもの句の特徴

次に、一茶の子どもの句の特徴について考えてみたい。一茶が子どもの句を最も多く詠んだ晩年の文化・文政期にしぼり、句の特徴を鮮明に表すために「人間の子ども」「動物の子ども」「若い植物」に分けて考える。

＊にぎにぎしたる…赤ん坊がその手を握ったり広げたりすること。どの句もほのぼのとした子どもの様子が目に浮かんでくる。

人間の子ども

一茶が人の子どもを詠んだ句を鑑賞していて気づくのは、子どもらしい動作や表情を擬態語や擬声語などを用いて、生き生きと十七文字に詠み込んでいることである。

擬態語は、「それそれ」「ぐずぐず」のように事物の状態を描写する語であり、擬声語は「からから」「ざあざあ」のように、自然の言語音を直接的に真似して物の音や声を表す言葉である。いくつかの句から、子どもの生き生きとした様子を感じてほしい。

［寝ている子］

凧糸を　引とらまへて　寝る子哉　（『文政句帖』文政5年）60歳

たぶん凧揚げをして帰ってきて疲れたのだろう、そのまま凧をかかえたまま寝てしまったのかもしれない。「引とらまへて」という表現にしっかりと凧を離さず寝ている様子がよく表れている。

［ものをせがんでいる子］

年玉や　懐の子も　手〻をして　　（『文政句帖』文政7年）62歳

大きい子はお年玉を親などからもらったのだろう。でも幼くまだ抱かれている子はお年玉がもらえない。でも、その子もお年玉が欲しいと小さな手を出している様子が目に浮かんでくる。「手〻をして」という表現がかわいらしい。

［もの真似をする子］

鵜の真似を　鵜より上手な　子ども哉　　（『おらが春』文政2年）57歳

「鵜飼い」の鵜だろう。鵜飼いは一般には夏の夜、小船のへさきで篝火を焚いて鮎などを近よらせ、鵜匠が首に縄をつけた鵜に水中で魚を丸飲みさせ捕る漁で、スポーツを楽しむ趣で現在でも行われている。子どもも鵜のように水にもぐって何かを取ろうとしていたのだろう。それが鵜そっくりに見えたのかもしれない。鵜が魚を丸飲みすることを「鵜呑《うのみ》」というが、鵜よりも上手に丸飲みしている子どものかわいらしさから、つい句に詠んだのかもしれない。川などで泳ぐ夏の子どもの一風景である。

［やんちゃな子］

柳から　もゝんぐあゝと　出る子哉

（『おらが春』文政2年）57歳

「もゝんぐあゝ」とは、もともとモモンガというムササビに似た動物であるが、そこからその動物を真似て、着物をかぶって肘を張りムササビの翅《はね》を張った真似をしておどかすことに使われた。幽霊の出そうな柳の木陰から、元気のいい子どもが「ももんぐわ！」と言いながら出てくるところが、なんともユーモラスである。

［ものを見ている子］

紅《おさなご》や　目を皿にして　梅の花

（『文政句帖』文政5年）60歳

美しい花には、誰しも目を奪われる。きれいに咲いた梅の花を、じっと目を大きく見開いて見ている幼児の様子が、実に生き生きと描き出されている。一茶も幼児のそうした様子を微笑ましく見ているようだ。幼児の目の輝きと梅の花の美しさ、かわいらしさとが印象的な句である。幼子と梅を詠んだ句はほかにもある。

幼子や　掴《にぎ》ゝしたり　梅の花　（『七番日記』文化7年）48歳
梅がかや　子供の声の　穴かしこ　（『七番日記』文化10年）51歳
おさな子や　尿《しと》やりながら　梅の花　（『七番日記』文化14年）55歳
膝の児の　指《ゆびさしはじめ》始　梅の花　（『文政句帖』文政元年）56歳
ちさい子の　麻上下《かみしも》や　梅の花＊　（『八番日記』文政2年）57歳

［拝んでいる子］

蓬萊《ほうらい》に　なんむ〳〵と　いふ子哉　（『おらが春』文政2年）57歳

蓬萊とは、主として関西で新年の祝儀に三方の上に白紙、シダ、昆布などを敷

＊前書きに「天神様」とある。7月25日に行われる天満宮の夏祭りのこと。

き、その上にのし鮑《あわび》、勝栗、野老《ところ》、馬尾藻《ほんだわら》、橙《だいだい》などを飾ったもの。一茶は長女さとがその蓬莱に向かい、けなげに「なんむ〳〵」と言っていた姿に目を細めていたにちがいない。

［笑っている子］

子宝が　きゃら〳〵　笑ふ榾火《ほだび》哉

（『八番日記』文政2年）57歳

榾火は、木の根や枝きれなどを燃やす焚火のことである。厳しい寒さの中で、次第に赤々と火が燃え上がると、親に抱かれている子も暖かくなってきたからでだろうか、伸び伸びしながら火を見て「きゃら〳〵」と笑っているように一茶には見えたのだろう。この句も、亡き長女さとへの思いから詠まれたものである。

［食べている子］

生栗を　がり〳〵子ども　盛哉

（『文政句帖』文政8年）63歳

一茶の郷里北信濃には栗の名所として知られる小布施があり、一茶の句にも「拾《ひろは》れぬ　栗の見事よ　大きさよ」（『七番日記』文化10年　51歳）がある。私も幼い頃、風の強かった日の翌朝、裏山にいが栗が落ちていて、足で押さえて木の切れ端でこじあけ、中の実を取ったものである。親から生栗を食べると「おできができるぞ」と言われたが、こっそりと歯で栗の渋をかじって取り、カリカリと白い栗の実を食べたのを今でも覚えている。おそらく、一茶の時代も同じであろう。「ガリガリ」という擬声語によって、子どもの元気で無邪気な姿が声と共に伝わってくるようだ。また、歯のない一茶にはうらやましかったにちがいない。類似句には次の句がある。

子どもらや　烏も交（まじ）る　栗拾ひ　　（『文政句帖』文政8年）63歳

やきぐりを　噛んでくれろと　出す子哉　　（『八番日記』文政4年）59歳

［教えている子］

是ほどゝ　牡丹の仕方　する子哉　　（『文政九・十年句帖写』文政9年）64歳

牡丹は枝先に10〜25センチの大型の花を一つつける。一茶の時代、江戸に牡丹の名所が多くあった。子どもが、自分の顔ほどある大きくきれいな牡丹の花を見て、それを親に身振りをして話している情景だろう。いかにも子どものかわいらしい仕草である。一茶のとらえどころの見事さを感じる。

［うたってはやしている子］

どんど焼　どんどん雪の　降りにけり　（『七番日記』文政元年）56歳

「どんど焼」は、左義長（正月に行われる火祭りの行事）のこと。正月15日の朝、子どもたちがもらい集めた正月の門松や注連縄飾りなどを「どんどやどんど」などと歌いながら焼いた。16日は飾縄などを焚いて味噌豆を煮るので「みそどんど」などという。ばらばらと空を衝く飾焚きの火に、どんどん雪の降りかかるさまが見事な情景をなしている。

このように、一茶はさまざまな子どもの様子を十七文字に詠んでいる。一茶は繊細な目で子どもの動作や表情をつぶさに観察し、子どもらしい心事の特徴を見事に表現しているのである。

動物の子ども

一茶は人間の子どもだけでなく、動物の子にも繊細な目を注いでいた。詠まれている動物は「雀の子」「猫の子」「犬の子」「鹿の子」「馬の子」「牛の子」「雁の子」「猿の子」「雉の子」「蛙の子」「乙鳥《つばくら》*の子」「蜂の子」「鶯の子」「雲雀の子」「蜘の子」「蚤の子」「烏の子」などで、「雀の子」だけでも81句ある。特に文化6年から文政7年の間に、動物の子の句が多い。

一茶の俳句が子どもから大人まで広く全国的に有名になったきっかけは、冒頭でも述べたように国語教科書への掲載がある。一茶の句が全国の教科書に初めて載ったのは、大正7年から昭和7年の第三期国定教科書だった。その時「雀の子」という題で、次の3句が掲載された。

雀の子　そこのけ〱　お馬が通る

＊乙鳥…つばめの別名

赤馬の　鼻で吹きけり　雀の子

さあござれ　ここまでござれ　雀の子[7]

これら以外には「やせ蛙まけるな一茶是にあり」と「やれ打つなはへが手をすり足をする」が掲載された。

動物の子の句の特徴の一つは、親子の句が多いということである。

親と子の　三人連や　帰る雁　（『八番日記』文政3年）58歳

乙鳥も　親子揃ふて　ちのわ*哉　（『八番日記』文政4年）59歳

親雀　子を返せとや　猫を追ふ　（『文政句帖』文政5年）60歳

水いらぬ　親子ぐらしや　山の鹿　（『八番日記』文政3年）58歳

子もち蜂　あくせく蜜を　かせぐ也　（『文政句帖』文政4年）59歳

鶯も　親子づとめや　梅の花　（『文政句帖』文政5年）60歳

一茶が、このように数多くの親子の句を詠んだのはなぜか。次に紹介する津田左

＊**茅の輪**…茅《ちかや》または藁《わら》を束ねて作った大きな輪で、六月祓《みなづきばらえ》の病気、厄よけのまじないとして鳥居などにかけ、人々にくぐらせた。

右吉の指摘は興味深い。

（一茶は）幼にして母に別れ、継母に虐待せられ、母の愛に餓えていた。さうした後には妻にも別れ、子をも失ひ、世のつねの子に対する愛さへも十分に味はふことができなかった。是に於いてか一茶は、一面に於いて幾分か人間嫌ひの傾向を養ひつつ、他面に於いてはそれよりも強く親子の愛に憧れていた。親子団らんの境界は、彼にとってはみずから入ることを許されざる天国であったので、彼はそれに対する尚慕の余り、力を極めてその美しさを画き、その楽しさを賛美したのである。（中略）一茶自身の巣を欲し子を欲する情は鳥獣の上に反映したのだろう。(8)

この津田の指摘を裏付けとして、一茶の句を集計し、経歴と照合した結果わかったことがある。掲載した親子の句をはじめ、そうした句のほとんどが、一茶に子どもがいない時期に詠まれているのだ。晩年になって、ようやく人並みの生活ができるようになり、親子水入らずの生活を願って帰郷した一茶。一茶の目に映る幸せそうな鳥獣たちの様子は、彼の羨望の対象であり、彼が最後まで切望してついに果たせなかったこの世の夢であったにちがいない。「動物の子」を詠んだ句に、親子の句が多いことも至極当然で、十分に理解できる。

動物の子の句の第二の特徴は、一茶が年老いていくにつれて、小動物を好んで詠んでいることである。「蚤《のみ》」「蚊」「蝿」「孑孑《ぼうふら》（正式名はげっきょう）」「虱《しらみ》」「こおろぎ」「きりぎりす」などである。特に「蚤」「蚊」「蝿」「孑孑」「虱」などの類は、一般に嫌悪の対象とされるものだが、一茶はこれらをある時は友として、またある時は我が子のように、やさしく温かいまなざしを注いでいる。文政3年と文政10年には、次のような類似した文章を記している。

虱のにくさに捻《ひね》りつぶさんもいたはしく、又草に捨て断食させせんも見るに忍びざる折から、鬼の母に仏のあてがひ給ふこと思ひけるままに（以下略）

（『八番日記』文政3年(9)）

しらみをひねり潰さんの痛しや、又門に捨て断食させせんもいと哀也。御仏の鬼

の母に与え給ふものをふと思ひつけて（以下略）

（『文政九・十年句帖写』文政10年）(10)

小動物の句を集計して気づくのは、小動物も同じ生あるものとして、しかもけなげに生きている姿を温かいまなざしでとらえ、素直に十七文字に詠み込んでいることである。次の句は、そのような一茶の気持ちがよく現れている。

夕空に　蚊も初声を　あげにけり　（『八番日記』文政2年）57歳
かはいらし　蚊も初声ぞ　初声ぞ　（『八番日記』文政2年）57歳
庵《いお》の蚊の　初出《はつで》の声を　上にけり　（『八番日記』文政3年）58歳

一茶は『おらが春』の中で、「されば生きとし活けるもの、蚤、虱にいたる迄、命をしきは人に同じからん」（第六巻）とも書く。小動物たちが懸命に生きていることに心から感動していたと思う。一茶の句が今日でも、人々に親しまれているのは、そうした気持ちを十七文字に見事に詠み込んでいるからだろう。一茶が芭蕉や蕪村などと対比されて、「生」という文字で象徴されるのはこうしたところにあるといえる。

次の句も、いかにも一茶風である。

いぬころに　ここへ来よとや　蝉の声　（『おらが春』文政2年）57歳

木の梢《こずえ》で蝉が鳴き立てており、その根元にいる1匹の子犬が首をかしげて見上げている様子が、いかにもかわいらしく童画的である。

若い植物

一茶は植物、とりわけ若い植物の句もかなり詠んでいる。「わか草」「わか葉」「若竹」などである。そして、それらの句に共通しているのが、単に自然鑑賞の対象ではなく、若い草木に脈々と流れる逞しい生命力をとらえて詠んでいるという点である。ここに、一茶の若い植物の句の第一の特徴がある。

あっぱれの　大わか竹ぞ　見ぬうちに　　（『八番日記』文政２年）57歳

小さかった筍（竹の子）もあっという間に大きくなる。筍の成長は早く、１日に90～120センチも伸びるらしい。そんな若竹の成長の見事さを見て、思わず「あっぱれ」と感嘆しないわけにはいかなかったのだろう。一茶は天に伸びていく若竹が大好きだったらしい。若竹を「うれしげ」「ゆかしさ」など、まるで我が子の成長を見るようにやさしいまなざしで見ている。

さあらさら　野竹もわかい　げんき哉　　（『文政句帖』文政６年）61歳
わか草の　扨《さて》もわかい　〱ぞよ　　（『文政句帖』文政８年）63歳

「わか草」は春の季語、「わか竹」は夏の季語である。しかし、これらの句から、特に季節感を中心とした客観的な自然諷詠はあまり感じられない。むしろ「わか草」や「わか竹」が陽光を十分に浴びて、まさに今、盛んに成長しようとしている姿に注目するのであり、逞しい生命力に共感してしまう。文政期における一茶の句には、季語の必然性が感じ取れないものが多いことに気づく。たとえば、次のような句である。

頬べたに　あてなどするや　赤い柿　（『八番日記』文政2年）57歳

頬べたに　あてなどしたる　真瓜哉　（『おらが春』文政2年）57歳

前書きとして「夢にさと女を見て」（『八番日記』）、「さと女笑顔して夢に見へけるままを」（『おらが春』）とある。これらは、一茶が長女さとを亡くした直後、生前のさとの姿を思い出して詠んだものである。一茶がこれらの句で最も伝えたかったのは、長女さとを懐かしむ気持ちと亡くした寂しさや悲しさであろう。

「真瓜」は夏の季語、「柿」は秋の季語だが、そこで詠み込まれている季語は、あくまで一茶自身の心境を表現するための手段にすぎないと考えられる。つまり、季語自体は技巧的に重要であっても、本質的内容という点からすればさほど問題ではない。さらに、一茶の「若い植物」の句は、「生」に対する強い執着心の反動として起こる、ひときわ強い「死」に対する悲嘆が印象に残る。これは一茶が次々に我が子を失った気持ちの反映であるかもしれない。

わか草と　名乗やいなや　踏れけり　　　（『文政句帖』文政5年）60歳
若草を　むざ〳〵ふむや　泥わらぢ　　　（『文政句帖』文政8年）63歳

以上、「人間の子ども」「動物の子ども」「若い植物」の句を紹介した。どれも生き生きとした様子が描かれていると同時に、生きとし生けるすべてのものへの親愛がユーモアを交えながら私たちの心に伝わってくる。

注

（1）信濃教育会編『一茶全集（第六巻）』信濃毎日新聞社、1977年、462頁
（2）諸橋徹次他編『廣漢和辞典（上巻）』大修館書店、1981年、546頁
（3）宮沢義喜・宮沢岩太郎編『正岡子規宗匠校閲批評俳人一茶』東京三松堂発行、1897年、183頁
（4）津田左右吉『津田左右吉全集（七）文学に現はれたる我が国民思想の研究』岩波文庫、1978年、288頁
（5）前掲『正岡子規宗匠校閲批評俳人一茶』、180～186頁
（6）前掲『津田左右吉全集（七）文学に現はれたる我が国民思想の研究』、315～318頁
（7）海後宗臣・仲新『日本教科書体系近代編巻七国語（五）』講談社、1962年、80頁
（8）前掲『津田左右吉全集（七）文学に現はれたる我が国民思想の研究』、322～323頁
（9）信濃教育会編『一茶全集（第四巻）』信濃毎日新聞社、1977年、135頁
（10）同前書、580頁

第二節　一茶の子ども観

〈共感〉〈信頼〉〈賛美〉のまなざし

（一）子どもに対する〝繊細な目〟

一茶は人間の子どもの句だけでも400ほど詠んでいるが、それらを調べていくと、「子ども」の呼び名が多いことに気づく。主な呼び名は次の通りである。

子、子供（小供・子ども）、わら（ん）べ、童子、（小）わらは、つぐら子、畚の子、小児、児、わんぱく、幼子（圷）、若子、乳飲子、里の子、がき、孤、あこ（吾子）くりくり子、風の子、まま子、乞食子、子宝、みどり子、赤子、う（ゐ）な　など子どもの呼び名が多いことはいったい何を意味するのか。句を紹介しながら考えたい。

子宝の　寝顔見いく　砧《きぬた》哉　（『八番日記』文政3年）58歳

「砧」は木槌で布を打って柔らかくし、つやを出すために用いる木、または石の台である。それを打つことやそれ字体の意味もある。秋の夜に母親が、すやすやと寝ている子どもの寝顔を見ながら、木槌で布を打っている平穏な家庭の情景が想像できる。これも一茶の憧れだったのだろう。

ちなみに「子宝」を造語したのは、7世紀後半から8世紀にかけて「貧窮問答歌」などの万葉歌人として有名な山上憶良だといわれている。実際、山上憶良の歌にも「子」が多くある。有名な歌に「銀《しろかね》も金《くがね》も玉も何せむに　まされる宝　子にしかめやも」や「瓜食《は》めば　子ども思ほゆ　栗食めば　まして偲ばゆ」などがある。我が子への思いは昔も今も同じであろう。

露の玉　つまんで見たる　わらべ哉　（『八番日記』文政2年）57歳

「露」は一茶にとって無常の代名詞である。この句も一茶の無常観をよく表す。一茶はこの1カ月後、長女さとを亡くした。彼の人生の中で最も悲嘆に暮れていた時期である。陽光を受けてキラキラと光る菜についた露の玉を、小さな手でチョンとつまんでみる子。つまんだ拍子になくなってしまう露の玉のはかなさと、きれいなものをつまんでみたいと思うけなげな子が、対象的である。

わらんべも　蛙もはやす　焼野《やけの》哉　（『七番日記』文化12年）53歳

春の初めに野山の枯草を焼くことを「野火」という。茶色に枯れた草がばりばりと焼け広がっていく光景を、私も幼い頃河原などでたびたび見たものである。一茶の句に「子どもらが　遊ぶ程づつ　やくの哉」（『七番日記』文化10年）とあるのように、まだ燃やされない所で子どもたちは遊ぶ。まるで野火が子どもたちを追いかけてくるようだ。子どもだけでなく、蛙まではやしているようだ。

星の歌　手に書て貰ふ　わらは哉

（『文政句帖』文政7年）62歳

星の歌とはどういう歌だったのか。短歌や和歌、あるいは一茶が詠んだ俳諧歌、あるいは手まり歌のような歌だったかもしれない。幼い子どもが手のひらに書いてもらって、覚えたのかもしれない。ちなみに「童」とは「わらわべ」が変化した「わらんべ」の「ん」が無表記になったもので、よく笑うものの意味である。

わんぱくや　縛られながら　よぶ蛍

（『八番日記』文政2年）57歳

この句も、長男千太郎が誕生する1カ月前に詠んだものである。何かいたずらをした男の子が木に縛られている。やがて辺りが暗くなってくると蛍の光があちらこちらに見え始め、子どもも寂しいせいか「ほ、ほ、ほーたる来い」と口ずさむ。そうした情景を一茶は想像していたのかもしれない。

わんぱくが　袂《たもと》より出る　氷柱《つらら》哉

（『文政句帖』文政5年）60歳

冬、軒下に長短入り混じって吊り下がる氷柱。あまり長いと屋根の雪と一緒にすべり落ちることもある。村の元気な子どもたちは、袂に氷柱を入れて刃の真似でもしているのだろう。寒い冬に、外で元気に遊ぶ子どもたちが目に浮かぶ。

乳飲子の　風よけに立つ　かゞし哉　（『八番日記』文政2年）57歳

おそらくまだ乳を飲んでいる長女さとを思って詠んだのだろう。かがしは「秋」の季語であり、稲刈りの時にかかしが風を遮ってくれている様子である。まるで乳飲み子をかかしが守っているようだ。田舎の農家では、かかしも重要な役割があったのである。

淡雪に　まぶれてさはぐ　がきら哉　（『文政句帖』文政5年）60歳

「淡雪」は春先などに降る消えやすい雪である。春になったとはいえ、時には淡雪が舞う。「まぶれて」とは「塗れる」ことであり、子どもたち、特に男の子たちは冬のようには積もらない淡雪にまみれて土の上ではしゃいでいるのだろう。「がきら」という言葉に、村の元気な男の子どもたちの顔が浮かんでくる。

つぐら子を　こそぐり起こす　小てふ哉　（『文政句帖』文政8年）63歳

「つぐら」は嬰児籠の一種であり、わら・たけ・木などで作られ、場所によって「チグラ」「イズミ」「エジコ」「クルミ」「フゴ」などと呼ばれる。農繁期の忙しい時期となると、働く田畑のそばの木陰に嬰児籠を持ち出し、子どもを見ながら働く。すやすやと寝ている子のところに、やはり小さな蝶がやってきて、鼻などをくすぐって起こすこともあるのだろう。一茶は「つぐら子」の句を多く詠んでいる。

つぐら子は　砧に馴て　寝たりけり　（『文政句帖』文政8年）63歳

つぐら子の　風除に立つ　かかし哉　（『文政句帖』文政8年）63歳

このほかにも、次のような擬態語を用いた句もある。

秋風や　背戸*やうらやの　くり〳〵子

（『文政九・十年句帖写』文政10年）65歳

「くりくり」とは、いかにも丸くてかわいらしいさまを表している。

なお、子どもの呼び名のうち、「赤子」や「みどり子」は「視奪《みと》り」すなわち人の視線を奪ってしまうほど美しいものの意味、「がき」は空腹で食べ物をむさぼり食うところから子どもを卑しめて言う語がもとであるなど、さまざまな解釈がある(1)。しかし、これらの言葉の正確な意味（語源）は明らかになっていないものが多い。

さまざまな子どもの呼び名の句を紹介した。ここで私が注目にしたいのは、一茶の句は子どもの呼び名が豊富であるという事実である。これはいったい何を意味するのだろうか。

我が国には、同じものでも、置かれている状況や見る側の心理状態などによって、

＊背戸…家の裏。

さまざまに形容したり、多様な呼び名を用いることがある。特に自然現象を表す言葉はその傾向が強い。たとえば「雨」という語を考えてみよう。雨も同じ性質であるにもかかわらず、状況に応じて、暗雨、陰雨、雲雨、過雨、甘雨、寒雨、喜雨、苦雨、五月雨、紅雨、黒雨、時雨、慈雨、雷雨などのように、多様な呼び名がある。

このように呼び名が豊かであるということは、それを見る側の〝繊細な目〞の存在を意味している。これは、一茶の子どもの句の場合にもあてはまり、一茶は子どもの置かれているさまざまな状況を鋭く洞察し、〝繊細な目〞でそれぞれの子どもを見ているのだろう。つまり、子どもの呼び名の豊富さは、句作上の技巧的意味もあるだろうが、一茶自身がそれぞれの子どもの表情や態度などにふさわしい言葉を用いて表現していると考えられる。

この〝繊細な目〞は、一茶の子どもの見方の根底をなすものである。それと同時に、我が国の伝統的な見方ともいえる。一茶の時代は乳幼児の死亡率が高く、特に疱瘡《ほうそう》や虫（チフス）などで7歳頃までに夭折する子どもが多かった。平均死亡年齢も28歳ぐらいであったといわれている。そうした中で、子どもにすくすくと成長してもらいたいという祈りや願いを込めて、当時はさまざまな儀式が行われていた。

たとえば、生まれたばかりの子のための餅誕生、お七夜、お宮参りであり、3歳の時の髪置きの儀、5歳の時の袴着、7歳の時の帯解きの儀などであり、これは現在も「七五三」として残っている。

(二) 弱いものへの〈共感〉と〈激励〉の目

一茶の子どもの見方の特徴を、さらに具体的に考えてみたい。

まずは、小さいものやか弱いものをやさしく温かい目で見ていることである。〈共感〉と〈激励〉とでもいえるだろうか。私は一茶の〈共感〉を、他者も潜在的に同じものを備えていること、また限りある存在であることを自覚した上で、悲しみをともなう言葉であると考えている。一茶は「人間の子」はいうまでもなく、一般には嫌悪の対象となるような蚊や蚤のようなものまで、いのちあるものを数多く十七文字に詠んでいる。とりわけ、いのちのはかないものにより一層の愛情をもって励ましている。次の俳句はよく知られている。

雀の子　そこのけ〱　御馬が通る　（『八番日記』文政2年）57歳

この句は、一茶が57歳の時に詠んだもので、八カ月になる長女さとがいた。この句は非常に有名だが、解釈としては大きく3種類ある。解釈が分かれる最大の言葉が「御馬」である。

具体的には、①子どもの遊具としての「御馬」、②北国街道の宿駅伝馬継立ての「御馬」、③参勤交代などの殿様の「御馬」という考え方である。一つの句でさまざまな解釈があることは興味深いが、私が注目したいのは「御馬」ではなく「そこのけ〱」という言葉の方である。

私が子どもや小動物などの句を集計した中に、「そこのけ〱」が用いられている句がいくつかある。加藤楸邨氏が著書『一茶秀句』の中で、「そこのけ」について説明しているので先に紹介しておこう。

「そこのけ」という表現はよほど一茶の気に入ったもののようです。元来この語は大名の供先《ともさき》（供の行列の先頭）が道の人を退《の》けるときなどに使われて、格式ばったひびきがある。柏原にいた頃の少年一茶の耳に、参勤交代の加賀侯の先触が威儀を正して入ってきたときのこの言葉、江戸生活で武士の口から町人向けて出る時の言葉、それを匠に一茶化して生かしているようです。(2)

加藤氏も指摘しているように、「そこのけ」という表現は一茶が好んで用いた言葉の一つだった。たとえば、51歳を過ぎて柏原に定住して以降の作に以下のような句がある。

けむからん　そこのけ〲　きりぎりす　（『七番日記』文化10年）51歳
煤捨ん　そこのき給へ　御雀　（『七番日記』文化10年）51歳
寝返りを　するぞそこのけ　蛬　（『七番日記』文化13年）54歳
小便の　するぞ退け〲　蟋蟀《きりぎりす》　（『梅塵八番』文政4年）59歳

ただ一茶の句を調べてみると、加藤氏が言うような格式ばったニュアンスでは使ってはいない。私は、これらの句を吟味する中で、あることに気づいた。「そこのけ〱」や「退け〱」、あるいは「そこのき給へ」と声をかけているのは、あくまで一茶自身であるということである。この句から浮かんでくるのは、一茶がそばにいる雀の子やキリギリスに、ハラハラしながら「危ないから早くおどきなさい」とやさしく声をかけている姿ではないか。改めて文政2年、一茶57歳の「雀の子」の句を考えると、「そこのけ〱」と雀に声をかけているのは、やはり一茶本人であるのだ。

　では、①子どもの遊具としての馬説、②伝馬の馬説、③殿様の馬説、については、現時点でそれを明らかに証明するものはない。「そこのけ〱」と言っているのが一茶であれば、①は説として妥当性を欠くものと私は考える。となれば、②か③かということになるが、これ以上わからない。ただ、雀にも「御」を付けていることを考えれば、必ずしも大名の御馬でもないことは推測できる。この句を詠んだ一茶の心境を考えた時、私は「御馬」の解釈以上に、一茶が弱いもの、いのちのはかない雀に対して、同じ生きている者として温かなまなざしで語りかけているという事実が重要であると考える。

　一茶は『おらが春』に、「畜類是レ世々親族ナリ[3]」と書き記している。一茶にとって、生きとし生けるものすべてが「親族」であった。親族とは普通、血のつながった最も近い関係の者を意味するが、一茶は「楽しみ極りて愁ひ起こるは、うき世のならひなれど」（第六巻、１５０頁）のように、幸福と不幸とが交互に押し寄せてくる「うき世」の中で共に生きているものを「親族」だと自覚している。つまり、生きとし生けるもの全体を視野に入れて、それらすべてと共生しているという自覚を持つに至ったのではないだろうか。ちなみに一茶は、このうき世のことを「天地大戯場」と呼んでいる（後述）。

一茶は、人間の子どもや小動物の子が、このはかないうき世をけなげに共に生きていること自体に、「慈悲」と「慈愛」の心で共感している。なお、慈悲と慈愛の「慈」には、慈しむや励ますの意味がある。五木寛之氏は著書『無力《むりき》』（２０１３）で、「慈悲の心」を「一つの精神的連帯感」と表現しており、まさに〈共感〉に支えられた精神的連帯と呼ぶことができる。これこそが、一茶の子どもの見方の第一の原理であろう。

一茶が〈共感〉や〈激励〉の目をもって、弱いものや小さいものを見る時、ただ単に哀れんだり同情したりしているわけでは決してない。今は小さくてか弱くても、日々逞しく成長していくものだと期待し信頼しているのである。

(三) 成長しつつあるものへの〈期待〉と〈信頼〉の目

成長しつつあるものへの〈期待〉と〈信頼〉の目の好例が、一茶の代表作『おらが春』の以下の一節である。

こぞの夏、竹植る日のころ、うき節《ふし》茂きうき世に生れたる娘、おろかにしてものにさとかれとて、名をさとゝよぶ。ことし誕生日祝ふころほひより、てうち〳〵あはゝ、天窓《おつむ》てん〳〵、かぶり〳〵ふりながら、おなじ子どもの風車といふものをもてるを、しきりにほしがりてむづかれば、とみにとらせけるを、やがてむしや〳〵しやぶって捨て、露程の執念なく、直《ただち》に外《ほか》の物に心うつりて、そこらにある茶碗を打破りつゝ、それもたゞちに倦《あき》て、障子のうす紙をめり〳〵むしるに、「よくした〳〵」とほむれば誠と思ひ、きゃら〳〵笑ひて、ひたむしりにむしりぬ。心のうち一点の塵もなく、名月のきら〱して清く見ゆれば、迹なき俳優《わざをぎ》見るやうに（名役者の芝居を見るように）、なか〱の心の皺を伸しぬ。又人の来りて、「わん〱はどこに」といへば、犬に指《ゆびさ》し、「かあ〱は」と問へば烏にゆびさすさま、口もとより爪先迄愛嬌こぼれてあいらしく、いはゞ春の初草に胡蝶の戯るゝよりもやさしくなん覚へ侍る。比おさな、仏の守りし給ひけん、逮夜《たいや》の夕暮に、持仏堂にて蝋燭てらして鈴《りん》打ならせば、どこに居てもいそがはしく這《はひ》よりて、さわらびのちひさき手を合せて、なんむ〱と唱ふ聲、しほらしく、ゆかしく、なつかしく、殊勝也。(4)

この文章は、一茶が長女さとについて、鋭い観察力によって写実的に描き出していることがわかる。たとえば、「てうち〱あはゝ、天窓てん〱、かぶり〱ふりながら」や「むしゃ〱しゃぶって捨て」や「きゃら〱笑ひて、ひたむしりにむしりぬ」などは、さとの仕草が目に浮かぶようである。

一茶は、長女さとを「心のうち一点の塵もなく」「春の初草に胡蝶の戯るゝよりもやさしく」「しほらしく、ゆかしく、なつかしく、殊勝」と、さまざまな言葉で形容している。

「しほらしい」の「しほ」は愛嬌の意味で、「しほらしい」は愛嬌があってけなげでかわいらしいという意味だし、「ゆかし」は心が引かれ、慕わしい気持ちであり、「殊勝」とはけなげで心打たれることである。

一茶は、長女さとの中に、直感的に光る何かを感じ取っていたにちがいない。それは、「きゃらきゃら笑ってひたむしりにむしって」いる無邪気さの中にかもしれないし、大人の真似をして「なんむなんむと唱えている」けなげな姿の中かもしれない。

果たして、一茶がとらえた子どもの中に光るものとは何か。それはおそらく、我が子が健やかに成長する姿から溢れ出るまばゆいばかりの光であり、みずみずしい力のようなものであったと思われる。そのような我が子の姿に、一茶は満面の笑みをたたえ、手を叩いて歓喜していた。これらすべてが、いわば一茶の祈りの言葉だった。

一方で、この後の文章がさらに興味深い。一茶が自分自身のことを、さとと対比して述べている。多少筋から外れるが紹介しておこう。

それにつけても、おのれかしらにはいくらかの霜をいたゞき、額《ひたひ》にはしはく波の寄せ来る齢《よはひ》にて、弥陀《みだ》たのむすべもしらで、うかく月日を費やすこそ、二ツ子の手前もはずかしけれと思ふも、其《その》坐（仏壇のこと）を退《の》けば、はや地獄の種を蒔《まき》て、膝にむらがる蠅をにくみ、膳を巡る蚊をそしりつつ、剰《あまつさへ》仏のいましめし酒を呑む。(5)

さとの姿はまさに仏様同然なのに対して、老いた自分はうき世の俗にまみれて殺生も忘れている愚かな人間だと自戒しているのだ。さとに対する、一茶のいわば祈りともとれる〈期待〉と〈信頼〉に支えられたまなざしは、自然に人間以外の生あるものすべてに向けられていく。

少し見ぬ　内にあっぱれ　わか竹ぞ　（『八番日記』文政2年）57歳
あっぱれの　大わか竹ぞ　見ぬうちに　（『八番日記』文政2年）57歳

「あっぱれ」とは、ほめ言葉である。前に書いたように、筍（竹の子）の成長は早く、一茶はそんな若竹の成長の見事さを見て、思わず「あっぱれ」と感嘆しないわけにはいかなかった。一茶は、若竹を我が子を見るようにやさしいまなざしで見る。

だが、その願いは時として裏切られる場合がある。そんな時、一茶は悲観し、妨げるものに対する強い怒りの気持ちをあらわにする。一茶の詠んだ菊の句を通して考えてみよう。

山菊や　生れたままや　真直に　（『八番日記』文政4年）59歳
山の菊　曲るなんどは　しなぬ也　（『八番日記』文政4年）59歳
真直や　人のかまはぬ　菊の花　（『八番日記』文政8年）63歳

人間が　なくば曲らじ　菊の花　（『七番日記』文化14年）52歳
人里に　植れば曲る　野菊哉　（『八番日記』文政3年）58歳
人の為に　のみ作りしよ　菊の花　（『八番日記』文政4年）59歳

山菊は、夏から秋に開花して山野や草原を彩るヨメナやユウガギクだろうか。これらの句から察するに、一茶は当時流行していた盆栽など人為的に作られる菊を好まなかったようだ。それよりも、自然に野に可憐に咲く野菊に心が引かれていたのかもしれない。それは「生れたままや真直に」という言葉に込められている。

前の三句は、一茶がありのままにすくすくと育つ菊を見て喜び、そのまま成長してもらいたいと願いを込めている。しかし現実には、こうした一茶の願いもむなしく、後の三句のように、真っ直ぐ伸びようとしている菊に人間が手を加えて曲げてしまうのである。ちなみに菊は、日本の象徴的な花の一つだが、江戸時代に「菊人形」が大衆的な見せ物の一つとなり、人為的にさまざまに細工され、「菊細工」と呼ばれて人々の目を楽しませていた。また、巣鴨や駒込地区は植木職人が多く居住し、菊の花の品種改良なども行われていたようである。寄せ植えや1本の菊の枝葉を加工することで、富士山や孔雀などの形を作る「菊細工」は文化年間（1804〜1818）に始まったといわれ、江戸お得意の菊の番付まで登場したそうである。(6)

ところで、一茶が人為的なものを好まず、なぜありのままの姿や成長に関心を寄せたのかを考えると、その背景には一茶の宗教観があると考えられる。

一茶の生まれた北信濃の柏原村は北国街道に面し、南方1日の場所に名刹善光寺があり、北に1日の所に親鸞が流された直江津があって、近世初期から浄土真宗に帰依する者が多くいた。一茶の頃は柏原全体が浄土真宗門徒だったようである。実際、一茶の父弥五兵衛も熱心な信徒であった。こうしたことから、一茶も浄土真宗と関係していることが想像される。

文化10年に郷里に定住した後、一茶の句や俳文には、浄土真宗でいう他力や「自然法爾《じねんほうに》」の思想に関係するものが多く見られるようになる。たとえば、「雪の原　道は自然と　曲がりけり」（『文政句帖』）という句について、一茶研究家である前田利治氏の著書『一茶の俳風』（１９９０）の中に興味深い指摘がある。

故郷帰住後『おらが春』執筆までの六年間の他力思想の深化を知る手がかりとして、まず、以下の発句・俳諧歌を挙げたい。

古家の　曲りなりにも　とし暮れぬ　（文化10年）

けふ〱と　うき世の中を古家の　曲りなりなる　としの暮哉　（文化10年）

曲ったら　曲ったなりか　蓬生《よもぎふ》の
　世を麻の葉の　入らぬ世話哉（文化15年）

「曲りなり」という措辞は、「目出度さも」の句の全文中にも使用されていて、一茶が好んで用いた言葉である。この言葉は現今使われる「十分」とまではゆかずとも、「どうにかこうにか」の意「も含み込ん」で用いられていると見るべきであろう。この「曲りなり」をあるがままに受け容れる処世、思想は、まさに浄土真宗でいう「自然法爾」に当る。(7)

一茶も、自然法爾や他力を意識していたのだろうが、先にも書いたように、うき世の俗にまみれた我が身から抜けきれず、自力と他力の狭間で迷う姿が現実にはあった（第五節で詳述する）。

（四）生あるものへの賛美の目

第三の子どもを見る目の特徴は、生あるものへの賛美の目である。

かたつぶり　そろ〳〵登れ　富士の山　（『一茶発句集（文政版）』）

蝸牛　気永に不二へ　上る也　（『文政句帖』文政8年）63歳

これらの句は、蝸牛が富士の山にゆっくりと登っていく様子を、自分の気持ちを投影しながら詠んでいる。一茶の句にはしばしば、大きなものと小さなものとを対比させ、その対象の不調和から、一種の人を食った諧謔《かいぎゃく》味が生まれてくるものがある。この二句には、確かにそうしたことが読み取れる。

だが、こうした句から生じてくるのは、単に諧謔味だけではない。この句には、生あるものに対する一茶の人間味も同時に読み取ることができる。特に「そろ〳〵」「気永に」という言葉には、いのちの有限性による彼のパラドキシカルな人生観さえ感じられる。そこには当然、子どもの見方に通じるものも隠されている。

　一茶は生きとし生けるものが逞しく成長していく姿を見て、心から歓喜していた。だが、一茶を歓喜させた背景には、彼のひときわ強い死の自覚があるということを見逃すわけにはいかない。一茶は「死」が生きているものにとって、この上ない悲しみであり宿命であることを、我が子や妻の「死」という自らの悲痛な体験を通して、いやというほど感じていた。
だが、決して死に対する悲観的な感情だけだったわけではなく、むしろ死を生きているものの宿命ととらえている。一茶が還暦を過ぎてから詠んだ句に次のようなものがある。

鳴な虫　だまって居ても　一期《いちご》哉　（『文政句帖』文政5年）60歳
鰒くはぬ　とても露の　一期哉　（『文政句帖』文政7年）62歳

鰒（河豚《ふぐ》）の句に関しては、加藤楸邨氏の指摘が興味深い。

鰒すする　うしろは伊豆の　岬かな　（『七番日記』文化11年）52歳

一茶はあまり鰒を食った恐怖感を詠んでいない。この句も、鰒汁を啜るうしろはるかな海上に浮かぶ伊豆の岬を点出してすっきりした遠近法を生かしているのである。冬のはれた日は下総の海岸なら、伊豆がはるかに見えるはずである。妙な興じ方に流されていない、どちらかというと現代にありそうな、一茶としてはめずらしい一句である。一茶の鰒の句には鰒の面貌を詠んだものが目につく。これはいかにも一茶らしい興味の向けどころで、蟇（がま）や、梟や、鰒はどこか不細工な面構えだ。そこに一茶の愛隣を誘う要素が隠されているのである。（中略）

とら鰒の　顔をつん出す　葉かげ哉　（『享和句帖』享和3年）41歳

鰒の顔　いかにも〳〵　ふてぶてし　（『七番日記』文化8年）49歳

衆生あり　さて鰒あり　月は出給《いでたま》ふ　（『七番日記』文化8年）49歳

超越していて面白い句。この世に生を営むもろもろの衆生がうごめいており、その衆生が食欲と不安とでここに集い寄る鰒がある。この食うもの食われるものという矛盾した妙な取り合わせの上に、ゆったりと今、真如の光を放つ月が昇ってきたというのである。(8)

ちなみに鰒について、２３００年前に記された中国の『山海経』には「フグを食べると死ぬ」との記載がある。２０００年前の日本の貝塚からフグの骨が発見されており、縄文時代から食用にされていたと考えられている。豊臣政権下の朝鮮出兵の際、兵士にフグによる中毒が続出したため、秀吉はフグ食禁止令を命じた。徳川氏に政権が代わった後も、「主家に捧げなければならない命を、己の食い意地で命を落とした輩」として、武家の当主がフグ毒で死んだ場合には家名断絶等の厳しい対応がなされたそうである。

このようなことから、初めに紹介した「かたつぶり　そろ〱登れ　富士の山」の句は次のように解釈できる。「蝸牛よ、いのちあるものの宿命であり自然の法でもある。限りあるいのちであり、いつたどりつくかわからない頂上だけれども、今踏みしめている一歩一歩を大切に、着実にゆっくりと登って行きなさい」と。

いのち自体に限りはあるが、今目の前でけなげに生きている小さな存在に、一茶は自らを投影して共感していたにちがいない。「蝸牛」の光景はまた、一茶にとって非常に美しいものであり、〈賛美〉の対象であったのだろう。

注

（1）古川原『児童観人類学序説』亜紀書房、１９７９年、３１〜３２頁

（2）加藤楸邨『一茶秀句』春秋社、２００１年、２６５頁

（3）信濃教育会編『一茶全集（第六巻）』信濃毎日新聞社、１９７７年、１５０頁

（4）同前書、１４７〜１４８頁。

（5）同前書、１４８頁。

（6）斉藤正二『日本人と植物・動物』雪華社、１９７９年、１８７〜１９０頁参照。

（7）前田利治『一茶の俳風』冨山房、１９９０年、１４０〜１４１頁。

（8）前掲『一茶秀句』、２５０〜２５１頁。

第三節　一茶の生命観Ⅰ〈うつくし〉から〈五分の魂〉

第一節と第二節では、一茶の子ども観と題して、子どもの句の背景と子どもを見る一茶のまなざしを、句を通して見てきた。一茶の子どもを見る繊細な目は、生きとし生けるものすべてに共感し、それらの成長を期待し信頼し、さらには賛美しながら温かく見ている。

ここからは、さらに一茶の思想の根底をなす生命観について考えたい。一茶の特徴を一言で表すと、芭蕉の「道」、蕪村の「芸」に対して「生」といわれる。これを最初に指摘した俳諧史研究で有名な山下一海《かずみ》氏は「芭蕉・蕪村・一茶～文学史の〝常識〟をめぐって～」という論文の中で、芭蕉中心の俳諧史観に疑問を投げかけている。

この三人の個性はきわだっており、作品のそれぞれの独創性もあきらかである。しかし重要なことは、その三人が対照的、というより鼎照《ていしょう》的に特徴的な場を占めていることである。そして、その特徴的というのは文学史的なものではない。文学世界としての一つの広がりの中で、空間的にそれぞれ意味深い位置を占めている。文学の多面性を三点において代表しているといってもよい。その三点を各一字によって暗示するとすれば、芭蕉は「道」、蕪村は「芸」、一茶は「生」であろうか。(1)

「生」の読み方は「せい」以外に「なま」や「き」もある。また、生のつく用語は「生命」「生活」「人生」などこれまた数多くある。研究者たちも、一茶という人間をこの「生」という文字に着眼してさまざまな表現をしている。次はその一例である。

①津田左右吉の「生一本」の記述

一茶の特質は、書物から得た知識のために純な感情が弱められず、世渡りのためにそれが濁されず、その心生活にごまかしや嬌飾が無く、どこまでも生一本であったからである。[2]

②小林計一郎「生活詩人」の記述

うれしいにつけ、悲しいにつけ一茶はそれを句に詠み、文につづった。このように生活の中から文学を生み出したことは、一茶の大きな特色である。[3]

③金子兜太「生《なま》」の記述

一茶のようなズブの庶民が、日常のまにまに吐き出し書きとめていたものに、もっともらしい理屈をふりかざして、性急に、決まった世界を求めること自体が場違いというもので、それよりも、丸ごとの人間の愛憎哀歓思念の生々しさ、それが五七調の短い詩形を通して奏でだす韻律の正味を味わいたいのである。[4]

④加藤楸邨「生《なま》」の記述

一茶の作には、生身の人間から放射してくるような体臭がある。鍛え抜かれたところに漂ってくる生命感とはいささか違う。町で軒を並べている人間同士で嗅ぎあうような、生の感触の強さである。[5]（以上傍点引用者）

確かに、これまで紹介してきた一茶の句や俳文などを振り返っても、研究者たちが指摘するように、一茶の作品全体に「生一本」「生活」「生々しさ」などすべての「生」が含まれている。約2万句もの句が詠まれたのもそのためだろう。

まずは、特に一茶の「生命」つまり〝いのち〟の見方について考えていきたい。生きとし生けるあらゆるものを詠んだ一茶の生命観を考えることは、彼の思想の根幹にかかわることだろう。文化・文政期の一茶の特質が最もよく現れる時期の句を見ていこう。

（一）〈うつくし〉としての生命観

一茶には、〈うつくし〉という語を用いた句が多く見られる。全集の発句を調べると、42句ある。詠まれた時期は文化年間以前が多く、一茶41歳以前が1句、文化年間（42～55歳）が33句、そして文政年間（56～65歳）が8句である。文化年間でも、51歳で郷里に定住するまでに詠んだものがほとんどである。つまり、一茶の〈うつくし〉の句は、西国行脚から江戸に戻って数年間の江戸在住期間に詠まれている。

今ぞりの　児やかたびら＊　うつくしき　（『七番日記』文化8年）49歳
夕空や　蚊が鳴出して　うつくしき　（『七番日記』文化8年）49歳
うつくしや　貧乏蔓《つる》も　まだ二葉　（『七番日記』文化9年）50歳
うつくしや　若竹の子の　ついくと　（『七番日記』文化10年）51歳

たとえば、蕪村にも、「うつくしや　野分のあとの　とうがらし」（遺稿）のような〈うつくし〉の句がある。激しく吹きまくった野分《のわき》（「のわけ」とも読む）の後、青いものはすべて吹き荒らされた中に、唐辛子の実が赤く生々として美しく見えるという意味で、この句は一茶の「生」を感じさせるものといえる。しかし、詠んで

＊帷子《かたびら》…夏に着る、麻、木綿、絹などで作ったひとえもの。また一般に単衣の着物。夏の季語。

いる数は少なく、一茶の比ではない。なぜ一茶はこの時期、〈うつくし〉の句を多く詠んだのだろう。一茶の創作活動の中で〈うつくし〉にどんな意味があるのだろうか。

これまでにも、一茶の〈うつくし〉の句に関心を寄せた研究者はいたが、ほとんどはマイナスの評価だった。その一例が、次の国文学者栗山理一氏の指摘である。氏は俳諧史などの研究に優れ、多くの示唆に富んだ一茶研究からは私自身多くのことを学んだが、以下の内容には疑問を感じている。

一茶の生涯を通じて詠み残した句数は約二万句であるが、われわれは過剰な制作意欲に驚く前に、そのおびただしい類想の句にまずあきれてしまう。その類想多産の鍵の一つがここ（『うつくし』という語）にあるように思う。素材の取り合わせを探すことは比較的容易であろう。ことに一茶は未発掘の素材を貪欲なまでに掘り起こした作家である。それらの素材を適当に斡旋して、これを『うつくし』という語によって媒介するとなれば、いくらでも多産は可能である。『うつくし』という語を表に出さずに、美しい世界を形象化し、それを美しいと感じさせるのが詩的表現の本道であろう。一茶の感性の密度にはなはだむらがあるのは、右のような事情にかかわっているからである。(6)（傍点引用者）

この中で、「一茶は未発掘の素材を貪欲なまでに掘り起こした作家である」という指摘はその通りである。だが、一茶の〝類想多産句〟の背景として、〈うつくし〉の句を例に「素材を適当に斡旋」しているとし、「一茶の感性の密度にははなはだしいむらがある」と説明している点は疑問である。果たして一茶は、未発掘の素材を単に適当に斡旋して句を多産しているのか。また、一茶の感性の密度には激しくむらがあったのだろうか。

そもそも「うつくし（美し、愛し）」には、辞書的に五つの意味がある。①妻、子、孫、老母などの肉親に対する慈しみを込めた愛情。次第に意味が広がって、一般に慈愛の心についてのかわいい。いとしい。愛らしい　②（幼少の者、小さいものなどに対してやや観賞的にいうことが多い）様子がいかにもかわいらしい。愛らしく美しい。可憐である　③（美一般を表し、自然物などにもいう。室町期の「いつくし」に近い）美麗である。きれいだ。見事である　④（不足や欠点、残余の汚れなどのないことをいう）ちゃんとしている。きちんとしている　⑤人の行為や態度が好ましい感じである。[7]

改めて一茶の〈うつくし〉の句を考えると、一茶はおおよそ①～③の意味で用いている。さらに一茶が文化初期、〈うつくし〉の句を詠み始めた頃は、③の意味が強かったことがわかる。

うつくしき　団扇持けり　未亡人　（『享和句帖』享和3年）41歳

油火の　うつくしき夜や　ひく蛙　（『文化句帖』文化元年）42歳

ちり塚も　夜はうつくしき　砧《きぬた》＊哉　（『文化句帖』文化元年）42歳

草の葉や　燕《つばめ》来《き》そめて　うつくしき　（『文化句帖』文化元年）42歳

最後の句は、ある朝ふと、つばめが来ているのを知り、つばめに触発されて草の葉が青を深めていた美しさを発見したという描写である。これらの句は、文化10年に詠んだ「うつくしや　若竹の子の　つい〳〵と」などとは異なり、どこか妖艶で、

＊**砧**…「きぬいた」の変化。木槌で布を打って柔らかくし、つやを出すために用いる木、または石の台。またはそれを打つことやその音、その形をした枕。秋の季語。

情景的で美的な蕪村の句に近い印象を持つ。

文化初期、一茶が外部から観賞的に眺めて〈うつくし〉と詠んだ背景には、30代の西国行脚で学んだ、俗世界から離れ、客観的に自然美を観賞して詠むという「中興俳諧」の代表者蕪村による「天明調」の影響があると考えられる。

天明という時期は、安永10年（1781）から天明9年（1789）の時期で、将軍は家治・家斉の時代である。天明2年（1783）から7年には天明の飢饉が起こった。特に奥羽・関東地方の被害が大きく、餓死と疫病の流行で90万人以上の死者が出た。打ちこわしも続出し、田沼意次の失脚を早めたともいわれる。

こうした時代、俳諧界に登場した天明調は、安永・天明の頃、俳諧の退廃俗化を嘆き、蕉風の復興と革新を叫んだ蕪村・暁台・白雄・蘭更らの俳諧復興運動である。特に天明2年の芭蕉百回忌で盛り上がりを見せた。江戸より上方（京・大坂）が中心であり、実生活からは遊離していた。芭蕉の説く「高く心を悟りて俗に帰る」というところの「俗に帰る」ということはなかった。蕪村の句に、次のようなものがある。

腰ぬけの　妻うつくしき　炬燵かな
御火焚*や　霜うつくしき　京の町

これらは、腰が抜けて立てないほどに炬燵にいりびたりの妻を、対座する夫が見て美を感じているという描写であり、冬の朝、京の諸社や町中の家々で焚火に映えた霜がきらきらと美しく輝いているという情景である。赤い炎と白い霜との色のコントラストが鮮やかで、先の一茶の句にも油火の色や団扇を持つどこか妖艶な香りの漂う未亡人など、こうした蕪村の句と共通したものが感じられる。

一茶は、「山霧や　声うつくしき　馬糞かき」（『文化句帖』文化4年、45歳）のような句も詠んでいる。美しいどころか俗談調（卑近な俗語や日常の話し言葉などを用いた句）や川柳調（人事や風俗や世相などを鋭くとらえた句）の句にも「うつくし」という語を用いている。これは一見、栗山氏の言う「適当な素材の斡旋による象眼（はめこむこと）」と見えるかもしれない。

しかし私は、これこそ中興俳諧の表層的な精神主義や実生活からの遊離志向への反発だと理解したい。または、いのちの営みに対する一茶の止みがたい親愛の情を

＊**御火焚**…京の諸社で行う神事。この神事には鍛冶屋・湯屋など火に縁のある者も参加し、家々でも火を炊いて祝う。(8)

出発点とする模索の過程、あるいは彷徨の産物ではなかったか。

ちょうどこの頃、一茶は以前書き表していた『寛政三年紀行』に改作を加えていた。実はこの時期からまさに一茶らしさともいうべき精神的深まりを見せてくる。その象徴的な言葉が「景色の罪人」である。

我たぐひは、目ありて狗にひとしく、耳ありても馬のごとく、初雪のおもしろき日も、悪いものが降るとて謗《そし》り、時鳥のいさぎよき夜も、かしましく鳴とて憎み、月につけ花につけ、ただ徒に寝ころぶのみ。是あたら景色の罪人ともいふべし。(9)

これだけ読むと、一茶は自身を卑下しているように見える。しかし、「卑下も自慢の中」というように、一茶はむしろ自己を卑下しながら、自己の素直な「生《なま》」の姿を見ているのである。つまり、自己を「景色の罪人」と宣言することで、ありのままの自分を表現していると同時に、いのちに対する深まりを見せてくる。

一茶は郷里に定住する頃から、〈うつくし〉の語を使って、いのちあるものの

〈内なる力〉そのものを鋭く洞察し賛美し始める。もう一度、40代前半と50代にかかる頃の〈うつくし〉の句を並べてみよう。

うつくしき　団扇持けり　未亡人　（『享和句帖』享和3年）41歳
油火の　うつくしき夜や　ひく蛙　（『文化句帖』文化元年）42歳
ちり塚も　夜はうつくしき　砧哉　（『文化句帖』文化元年）42歳
草の葉や　燕《つばめ》来《き》そめて　うつくしき　（『文化句帖』文化元年）42歳

今ぞりの　児やかたびら　うつくしき　（『七番日記』文化8年）49歳
夕空や　蚊が鳴出して　うつくしき　（『七番日記』文化8年）49歳
うつくしや　貧乏蔓も　まだ二葉　（『七番日記』文化9年）50歳
うつくしや　若竹の子の　つい〳〵と　（『七番日記』文化10年）51歳

一句ごとではわかりにくいが、一茶の〈うつくし〉の句の特徴と年代ごとの違いがわかる。

後半最初の句は、きれいに頭を剃って単衣を着た幼い子どもの元気な姿を見て〈うつくし〉と表現している。二番目は、夕方の茜色の空に、よく耳をすますと蚊の鳴く声が聞こえる。風景としての表層的な美は感じられなくても、蚊が鳴くその声に一茶はいのちを感じ取る。三番目の句は、一茶自身が住んでいた貧しい家に生え始めた蔓。その二葉のいのちそのものを詠んだのだろう。四番目は、生え始めたばかりの竹の子の生き生きとした姿を見て、〈うつくし〉と詠んでいる。

このように、一茶の〈うつくし〉の対象が、次第に小さく若いものへと向かっている。単衣を着たかわいい子ども、二葉の蔓、生え始めたばかりの若い竹の子、それらのいのちを一茶は〈うつくし〉と表現しているのだ。

一茶が、〈うつくし〉の対象として最も多く詠んだものが、小さくて一般に忌み嫌われる蚊だった。

陽炎や　蚊のわく藪も　うつくしき　（『文化句帖』文化3年）44歳
うつくしき　花の中より　藪蚊哉　（『文化句帖』文化5年）46歳
有明や　空うつくしき　蚊の行衛《ゆくへ》　（『七番日記』文化6年）47歳

夕空や　蚊が鳴出して　うつくしき　　　　（『七番日記』文化8年）49歳

『一茶全集第一巻（発句）』によると、一茶は蚊の句を全部で163句も詠んでいる。寛政から享和の時期にはわずか12句だが、文化から文政の時期にはなんと151句である。現在でも、蚊をみて「うつくしい」と表現する人はほとんどいないだろう。むしろデング熱などで危険な虫というイメージさえ持たれている。だが一茶には、有害な存在というより、この世でけなげに生きている小さないのちの存在なのである。

栗山氏流にいえば「蚊」という素材を適当に斡旋した多産句になるかもしれない。しかし私には、一茶がそれほど無思慮で単純な意図から蚊を多く詠んだとは考えられない。つまり、芭蕉や蕪村とは、創作におけるスタンスの違い、あるいは関心の違いがあるということである。「蚊の鳴く藪」に象徴されるこの世のいのちの蠢《うごめ》き、「蚊の鳴出」す小さないのちの尊さ、「蚊の行衛」に見るいのちのはかなさなど、その蚊は一茶自身であったのかもしれない。さまざまないのちのけなげな姿に目を奪われ、一茶は自らが感じたものを五七五に書き留めずにはいられなかったのだろう。

一茶が西国行脚に旅立つ際に詠じた「通し給へ　蚊蝿の如き　僧一人」（『寛政句帖』寛政4年、30歳）という句がある。若い頃から一茶は、蚊や蝿と自分を重ね合わせて見ていたのかもしれない。ちなみに、晩年にも「御仏に　かじり付《つき》たる　藪蚊哉」（『八番日記』文政3年、58歳）という句がある。仏様（阿弥陀さま）にしがみついているのは藪蚊ではなく、一茶自身でもあった。

一茶がいのちを〈うつくし〉と見始めた頃から、自身の円熟とともに、より一層の生命内部への洞察が深化していく。それを象徴する言葉が、次に述べる〈五分の魂〉である。〈うつくし〉の段階は、一茶の関心がいのちあるものの「内なる力」へ移行してはいるが、その対象との距離はまだ離れており、客観的にとらえられている。つまり「内なる力」を具体的に表現できていない。晩年になると、一茶は「内なる力」を〈五分の魂〉という言葉で表現するようになる。

（二）〈五分の魂〉としての生命観

私は、一茶の生命観がより深まっていったことを鮮明に表した言葉が〈五分の魂〉であるととらえている。つまり、いのちを外部から観賞していたのを象徴するのが〈うつくし〉であり、いのち内部へ踏み込んでいったのが〈五分の魂〉である。一茶は、文政2年（1819）、〈五分の魂〉という語を句や彼独特の俳諧歌*と呼ばれる歌の中に集中的に詠み込んでいる。

この年は、前年（文政元年）5月4日に生まれた長女さとが6月21日に他界した年であり、さとを偲んで創作されたといわれる『おらが春』が書かれた年でもある。つまり、一茶にとって文政2年は、いやが上にも小さないのちのはかなさ、世の無常を感じずにはいられず、一茶を襲ったこの不幸が〈五分の魂〉の句や歌を詠ませたのではないかと私は考える。

蟷螂《とうろう》や　五分の魂　見よ〳〵と　　（『八番日記』文政2年）57歳

＊俳諧歌…和歌の一体。用語または内容に俳諧の精神ともいうべき滑稽味・諧謔味を帯びた歌。

鎌きりや　五分の魂　もったとて　（『八番日記』文政2年）57歳

これらは、句としては直接的だが、カマキリ（蟷螂）の堂々とした逞しさのようなものが、どこかユーモラスに感じられる。蟷螂とはかまきりの漢名である。蟷螂の句は、『一茶全集第一巻（発句）』に11句収録されており、初めの頃に詠まれた句は、次のようなものがある。

ささぐも＊の　蟷螂にくむ　あらし哉　（寛中）
蟷螂が　不二の麓に　かかる哉　（『文化句帖』文化6年）47歳
蟷螂が　片手かけたり　つり鐘に　（『七番日記』文化13年）54歳

これらの句はまだ、〈うつくし〉の場合と同じように、一茶の関心はいのちあるものの内面に向いていない。「ささぐも」の句も「不二の麓」の句も、また「片手かけたり」の句もどこか諧謔《かいぎゃく》的で、〈五分の魂〉の句とはかなり異なり、明らかに外から眺めている感がある。

＊ささぐも…体長は約1cm。動作が素早く、小さな蛾などの昆虫に飛びついて捕らえる。

それに対して、先に紹介した〈五分の魂〉の句からは、蟷螂に感情移入し、蟷螂に成り代わって「小さないのちにも五分の魂がある、だから見てくれよ」と訴えているところに、一茶のいのちの本質を見抜こうとする鋭い洞察力が伝わってくる。一茶の生命観の深化という点から重要であろう。

カマキリ（蟷螂、蟷螂、鎌切）は、俳句の季語としては「ぎす」ともいい、前足が鎌状に変化し、ほかの小動物を捕食する肉食性の昆虫である。名前の由来については、「鎌切」という表記があることから、「鎌で切る」から「鎌切り」となった説と、「鎌を持つキリギリス」の意味で「キリ」はヤブキリ、クサキリ、ササキリなどのキリギリスの仲間の「キリ」と同じという説とがあるらしい。

一茶は、蟷螂以外の小動物や植物（特に草）についても〈五分の魂〉の句を詠んでいる。

一寸の　草にも五分のたましいの　あればぞ花の　立派なりけり

（『八番日記』文政2年）57歳

これは俳諧歌と呼ばれる和歌の一体で、用語や内容に滑稽味や諧謔味などを加えて詠む。和歌でも狂歌でもない、一種独特の俳諧体の歌である。俳句より14文字多い俳諧歌になると、一茶の気持ちがより一層鮮明になる。「一寸」は約3センチ、「五分」は一寸の半分で約1・5センチである。「一寸の虫にも五分の魂」という言葉はよく聞くが、「一寸の草にも五分の魂」はあまり聞かない。そこが一茶らしい。一寸の草にも五分の魂があるから花も立派に咲く、と詠む一茶の目は、花の表層的美しさから、花を咲かせている根本というべき内的ないのちの美しさに注がれているといってよい。

一寸の　草にも五分の　花さきぬ　　　（『八番日記』文政2年）57歳

一茶は、小さな草の中にも〈五分の魂〉を見る。「魂」は人間だけでなく、動物・植物などにも宿り、心の働きをつかさどる。生命の原理そのもので、身体が滅びた後も存在すると考えられることも多い。「五分の花」とは、一寸の草の〈五分の魂〉によって咲いた花だろう。一茶は、〈五分の魂〉はそうした力を持っていると認めている。

一寸の　木もそれぐ〳〵に　紅葉哉　（『七番日記』文化15年）56歳

虫鳴や　五分の魂　ほしいとて　（『八番日記』文政2年）57歳

一茶の〈五分の魂〉の句は、ほとんどが秋の句である。虫たちは短いいのちの中で精一杯力を出して秋の夜を鳴く。そんな虫が、生きる原動力ともいうべき〈五分の魂〉を欲しがっていると、一茶は詠むのである。鳴いている虫は、1年あまりで世を去った長女さとであったにちがいない。同時に、老いていく一茶自身のことかもしれない。57歳の一茶が、身体的な衰えを感じ、自身も生きるエネルギーである〈五分の魂〉を求めていたのかもしれない。

一寸の　此身も五分の魂と　かまふり上て　向ふ虫哉

（『八番日記』文政2年）57歳

「蟷螂の斧をもって隆車に向かう」という故事がある。蟷螂が前足を振り上げて、高く大きい車に立ち向かうという意味から、弱いものが自分の力を省みず強いものに立ち向かうという無謀で身の程をわきまえないことのたとえである。もちろん一茶も、これを踏まえて詠んだのだろう。しかし、一茶の関心は蟷螂の無謀な行為にではなく、蟷螂にカマを振り上げさせて向かわせる〈五分の魂〉なのである。

鳴虫よ　そなたも五分の魂は　きいっと〱　有明の月

（『八番日記』文政2年）57歳

「有明の月」とは、夜が明けてもなお天に残っている月のことで、消えかけてもまだしっかりとその存在を示している。その月からは、鳴いている虫のいのちのはかなさと同じく、この世に生き続けようとする〈五分の魂〉を感じる。一茶は、秋の月夜に鳴く虫にさえ五分の魂があるという。だから次のように詠む。

生きるもの　殺すな五分の魂の　蟻の思《おもひ》や　天に通ぜん

（『八番日記』文政２年）57歳

生きとし生けるものすべてに〈五分の魂〉がある。たとえば、小さな蟻でさえ一生懸命生きようとしており、生きたいと思っている。だから、生きているものを殺してはならない、と一茶は言う。

一茶は『おらが春』の中で、「されば生とし活るもの、蚤、虱にいたる迄、命おしきは人に同じからん」といい、さらに「所有畜類是レ世々ノ親族ナリ」と記す。

一茶にとって、生きとし生けるものすべてのいのちの尊さは同じであり、いのちの大小、軽重などの差などない。その意味ですべて「親族」である。一茶の思いの根底にあるのは、生きとし生けるものすべての中に、生きる原動力ともいうべき〈五分の魂〉が備わっているという直感である。一茶は〈五分の魂〉を根本に据えながら、一茶独特の世界をその後の創作活動の中で展開していく。

注

(1) 山下一海「芭蕉・蕪村・一茶〜文学史の〝常識〟をめぐって〜」(『蕪村・一茶』角川書店、１９７６年所収)、３９７頁
(2) 津田左右吉『津田左右吉全集（七）文学に現はれたる我が国民思想の研究』岩波文庫、１９６４年、３１８頁
(3) 小林計一郎『小林一茶』吉川弘文館、１９６１年、２５０頁
(4) 金子兜太『一茶〜生涯と作品』日本放送出版協会、１９８６年、１頁
(5) 加藤楸邨『一茶秀句』春秋社、２００１年、50頁
(6) 清水孝之・栗山理一編『鑑賞日本古典文学第32巻蕪村・一茶』角川書店、１９７６年、３０１頁
(7) 諸橋徹次他編『廣漢和辞典（中巻）』大修館書店、１９８１年、１３７頁
(8) 丸山一彦・栗山理一他『日本の古典蕪村・一茶集』小学館、１９８３年、１０４頁
(9) 信濃教育会編『一茶全集（第五巻）』信濃毎日新聞社、１９７８年、16頁

第四節　一茶の生命観Ⅱ
〈無常《はかなさ》〉と〈逞しさ〉へ

これまで、一茶の生命観の特徴として〈うつくし〉と〈五分の魂〉の二つを取り上げた。

〈うつくし〉の使い方は、30代ではまだ俗談調で川柳調だったが、40代の文化期に入ると「生きとし生けるもののいのちの営みへの止みがたい親愛」からいのちそのものについて詠み始める。晩年になるにしたがい、〈うつくし〉といういのちからさらに、いのちの原動力ともいうべき内的な力を〈五分の魂〉という言葉で句に詠み込んでいくのである。

これらの二つを受けて、さらにもう二つの一茶の生命観、〈無常〉と〈逞しさ〉の特徴を考えてみたい。

（一）老いの自覚～無常観の深まり～

一茶は、文化7年（48歳）から文化15年（56歳）にかけて、句日記『七番日記』を編んでいる。日記としての重要さもさることながら、一茶の俳風が鮮明に現れている句日記といえる。

文化7年は、江戸・下総・上総を中心にさまざまな句会に参加する一方、着々と郷里に自分の社中を形成していった時期である。

『七番日記』の一句を読むと、老いていく姿を詠んだ句が多いことに気づく。おそらく一茶も、文化9年には50の坂に達し「春立つや　菰もかぶらず　五十年」と詠んでいるように、人生50年といわれた当時、衰えていく我が身を深く感じていたにちがいない。身体の衰えを詠んだ句も増えてくる。

ちる花や　すでにおのれも　下り坂　（7年2月）48歳

自身の人生を「ちる花」にたとえながら、もうすでに気が付いてみると下り坂であることを実感している。

夕暮や　霞中《かすむなか》より　無常鐘　（7年3月）48歳

夕方にどこからか寺の鐘が鳴り、日が沈んでぼんやりと霞がかかり、これから先の不透明さを象徴しているようだ。全体的に無常観が伝わってくる句である。

死支度　致せ〳〵と　桜哉　（7年3月）48歳

美しく咲いた桜の花も時を待たずに散っていく。まるで桜から「あなたも散る時期もそう遠くはないのだから、死支度を考えておいた方がいいですよ」と言われているようだ。このほかにも「年よりの　目にさへ　桜ゝ哉」（文化7年）という句がある。

かすむやら　目が霞むやら　ことしから　（10年4月）51歳

この句は郷里に定住した頃のもの。日記なども大変細かい字で書いているので、もともと一茶は目をよかったようだ。しかしこの時期になると、目も霞んで見えづらくなってきたのだろう。

目は良かった一茶も歯は悪かったようで、文化8年6月（49歳）の記事に、一茶自身が老いを強く感じた一つとして、自分の歯について記したものがある。

> 十六日昼ごろ、キセルの中塞《ふさ》がりてければ、麦わらのやうに竹をけづりてさし入《いれ》たるに、中にしぶりてふつにぬけず、竹の先僅《わづか》爪のかかる程なればすべきやうなく、前々より欠け残りたるおく歯にてしかと咥《くはへ》て引たりけるに、竹はぬけずして歯はめり〱とくだけぬ。あはれあが仏とたのみたるただ一本の歯なりけり。さうなきあやまちしたりけり。(1)

これより前には「初霜や　茎の歯切れも　去年まで」（『文化句帖』文化3年、44歳）の句もあり、加藤楸邨氏は次のように評している。

『茎』は茎漬の菜のことで、茎石で圧《お》しをするからなかなか強靭（強靭）なものです。初霜が来るころ茎菜はなじんでうまくなるようです。しかし、老いが迫ると歯の噛み合わせが悪くなって、ばりばりと噛めなくなってくる。「茎の歯切れも　去年まで」は、一茶の嘆きが聞こえてくるようです(2)。

このように、老いの現れとして自分の歯が次第に失われていくと同時に、自分のいのちもこの世からやがて消えていくという思いがあったのだろう。歯に関する句や歌が見られる。

はつ雪や　雪やといふも　歯なし哉　（文化7年10月）48歳

歯がぬけて　あなた頼むも　あもあみだ　アモアミダ仏　あもだ仏哉　（文化8年7月）49歳

かくれ家や　歯のない声で　福は内　（文化10年7月）50歳

どれも少し寂しく、またどこかユーモラスな句であるが、一茶は自分の姿の滑稽さを自分で滑稽視して楽しんでいるようにも見える。

一茶は40代後半から50歳頃にかけて、身体的な衰えとともに、自身の老いをいやでも自覚していった。その中で、一茶はいのちのはかなさ〈無常〉を実感していくのである。これが三番目の一茶の生命観の特徴である〈無常《はかなさ》〉である。

(二)〈無常《はかなさ》〉としての生命観

一茶の無常観を特徴づけている言葉に「露」がある。一茶の句に見られる露の句は、はかなさの象徴である。この世のはかなさを認めながら、すべてのいのちの営みに親愛の姿勢をもっているのが一茶で、次のような句がある。

露はらり　〳〵世の中　よかりけり　（『七番日記』文化9年）50歳

露はらり　〳〵大事の　うき世哉　（『七番日記』文化11年）52歳

一茶が郷里に定住した頃の作品である。「はらり〳〵」の露の世を「よかりけり」と肯定し、さらに「大事のうき世」と現実の世界で生きることを肯定して「大事」といっている。すなわち、これらの句から、現実の社会にどっかりと腰を下ろしている一茶の姿が浮かんでくる。

露の世の　露の中にて　けんくわ（喧嘩）哉　（『七番日記』文化7年）48歳
露の世を　押合《おしあひ》へし合　萩の花　（『七番日記』文化11年）52歳

現実の世界はどうか。一茶は、このはかないうき世に生を受けたものが、「けんくわ（喧嘩）」をしたり、「押合へし合」したりする喧噪的な状況で、悪戦苦闘しながら生きていると見る。「喧嘩」や「押合へし合」という言葉から、江戸の庶民の暮らし、とりわけ長屋暮らしを思い浮かべる。

長屋は、江戸時代の都市に発達した庶民住宅の一種で、特に大都市江戸においては代表的な庶民住宅だった。同じ一棟の中に数戸を建て連ねた家のことで、各戸にそれぞれ庶民が仮住まいをしていた。江戸では借屋のことを「店借《たながり》」といい、長屋の住民は「店借」とか「店借人」と呼ばれた。一茶が亡くなった文政10年の幕府調査によると、店借比率は約7割で、約40万人、10万世帯に上った。通りに面した「表店借」と路地の奥の狭い裏長屋の「裏店借」とでは、経済力に大きな差があり、店借人の圧倒的多数は裏店借層で、江戸庶民といえば彼ら裏長屋の住民たちであった。一茶の句にも「暑（き）日や　見るもいんきな　裏長屋」（『八番日記』文政4年　59歳）がある。夏の暑い日、ムシムシしてなんとも薄暗く、まさに陰気な様子が伝わってくる。

近世中期、江戸の人口は武家約50万、町人約50万、合わせて100万を優に超えていたが、明治2年の東京の土地調査によると、武家地は69％、町地が16％、寺社地が15％で、江戸の6分の1の土地に2分の1の人口が住んでいたことになる。まさに「押合へし合」の状態だったわけだ。

一茶にも、長屋を詠んだ川柳調の「鰹《かつを》一本に　長屋の　さはぎ哉」（『文政句帖』文政8年　63歳）という句があるが、昔、江戸在住時の長屋住まいを思い出して、詠んだのだろう。生きのいい鰹が入って、長屋の住人がみんなで分け合って食べるのに大騒ぎだったのかもしれない。
一茶はこうした長屋的な「押合へし合」しながら生きる、うき世の無常を嘆いているわけではもちろんない。

くよ〳〵と　露の中なる　栄花哉　（『七番日記』文化9年）50歳
くよ〳〵と　さはぐな翌《あす》は　翌の露　（『七番日記』文化11年）52歳

どうせ一時の「栄花」などはいわば幻に過ぎず、取り立ててくよくよ考えたところでどうすることもできない、仕方のないことである。騒いでも「翌は翌の露」ということもある。ここには、この世に対する一茶の開き直りさえ感じられる。

露ほろり　までもしばしも　なかりけり　（『七番日記』文政元年）56歳

しかし、開き直ってはみたものの、いのちはやはりはかないものに変わりない。露が永久に葉の上に留まっていないと同様に、生あるものには死は訪れる。一茶は、生きとし生けるものの無常を改めて感じずにはいられないのである。

露の世は　露の世ながら　さりながら　　（『八番日記』文政2年）57歳

露の玉　つまんで見たる　わらべ哉　　（『八番日記』文政2年）57歳

特に、我が子や妻の死に直面した時には、世の無常を痛感しないわけにはいかない。この句は、文政2年（1819）に長女さとを亡くした時に詠んだものである。露のうき世と知ってはいるが、それにしても、という切実な思いが大きなため息と共に伝わってくる。露の玉を摘んでみた子が、露の玉が消えるのと同時に消えてしまった。一茶は、改めて世の無常を強く実感したことだろう。我が子を亡くした一茶は、自身のいのちの無常を詠む。

入相《いりあひ》の　鐘もつく〲　秋萩《あきはぎ》の　露のうき世に　いつ迄あらん

（文政5年）60歳

「入相」とは黄昏時であり、「入相の鐘」は日没に寺で勤行の合図に撞《つ》く鐘やその音を意味する。入相の鐘はまさに無常の鐘であり、60歳の還暦を迎え、このうき世にへばりついて生きている自分を見つめている様子がうかがえる。

徒《いたずら》に　過さばつひに　露の身の　おき所なく　なりぬべら也（文政5年）60歳

50歳の時には「春立つや　菰もかぶらず　五十年」と詠んだ一茶も、さらに10年が経過し、病身となり、うき世にどう自分の身を置いたらよいのか迷っている。うき世に執着し腰を下ろし続けている自分と、あなた任せで阿弥陀如来におすがりする自分との狭間に身を置きながら、無常を感じている一茶がそこにいる。つまり、自力と他力の間で迷う一茶の心境がよく表れている。

露霜は　いたくおけども　山柿の　渋のぬけざる　我心哉　（文政5年）60歳

当時病身であった彼は、露のうき世の露の身を改めて深く自覚すると同時に、まだ渋の抜けきらない自分の心、つまりうき世への執着煩悩が多い自身を見つめるのである。

晩年、一茶はいのちの営みへの洞察の深まりと同時に、自身の心の内面を覗き込むまなざしも一層深化した、と私はとらえている。それは自力と他力との狭間で迷いながら、やがて純化していくということである。

ちなみに、現代の私たちが日頃忙しい生活を送っている時は、次のような心境かもしれない。

翌もあり　あさてもありと　露の世の　露を露とも　思《おもは》ざりけり

（文化12年）53歳

（三）「逞しさ」としての生命観

現実の〈生〉への強い執着心

生あるものの無常を深く実感し始めた一方で、一茶は現実の〈生〉への強い執着心も深まっていった。この深まりと合わせて、４番目の生命観の特徴が見られ始める。現実の〈生〉への強い執着心はどんなものがあったのだろうか。

うら壁や　しがみ付たる　貧乏雪　（文化14年10月）55歳

雪はだいたい解けたが、家の裏壁にはまだ汚れた雪がしっかりとしがみついている。これは、当時の一茶自身の心境を詠み込んだものであろう。これについて、一茶研究者の丸山一彦氏は「老醜《ろうしゅう》をさらしながらなおかつ生きていかねばならぬ、人間のぎりぎりの業《ごう》といったようなものまでが、底深く見すえられているようだ(3)」と指摘している。確かに「しがみ付たる」という言葉には、一茶の現実に対する強い執着心が感じられる。

『七番日記』時代に入って遺産相続分配問題も解決され、亡父の遺言どおり郷里柏原に落ち着くと、一茶はより一層現実に執着する傾向を強めていった。その一つとして、方言や俗語を盛り込んだ句が文化前期以上に多く見られるようになる。

一茶が晩年に整理し、最晩年まで書き継いだ北信濃の方言などを記した一茶自筆の『方言雑集《ざっしゅう》』を見ても明らかである。『方言雑集』とは、一茶がさまざまな場所で書き留めた各地の方言をまとめたもので、古語や俗語も収録されている。生涯を通して書きためていたもので、判明する出典は百点に近いといわれている。そのいくつかの句を紹介したい。

なの花の　とっぱづれ也　ふじの山　　（文化9年3月）50歳

「とっぱずれ」とは、たとえば「道のとっぱずれ」のように最も遠い端にある所を意味する。菜の花と富士の山を対比させている点が奇知に富んでいるが、そこに「とっぱずれ」という言葉が加わることにより、どこか田舎臭さが感じられる。

一祭り　過てげっくり　寒《さむ》さ哉　　（文化9年5月）50歳

「げっくり」はがっくりすること。夏祭りが過ぎると急に涼しく、また寒くなる。夏の短さも感じられ、また訪れる雪深い暗い冬を想像させてくれる。

鶯や　田舎廻りが　らくだんべい　　（文化11年3月）52歳

「らくだんべい」は、私が住んでいる栃木県でも今でも時々聞く言葉で、よく「べいべい言葉」などといわれる。「〜だろう」という意味で、田舎廻りは一茶自身が北信濃地方の門人宅を巡回指導していることだろう。ほかにも「鶯や　田舎の梅も　咲くだんべい」（文化11年）などがある。

ばか蛙　すこたん云《いふ》な　夕涼　　（文化13年5月）54歳

＊うんじ果…がっかりすること。

「すこたん」はすかたんともいい、「間違い」とか「つべこべ」あるいは「ぐずぐず」といった意味である。暑い夏の夕方、ようやく涼しくなり夕涼みをしている時に、蛙が「ゲロゲロ」鳴き騒いでいるのかもしれない。それをユーモラスに一茶は「すこたん」という方言を用いて詠んだのだろう。

一茶50歳の1年間の作品を収めた『株番』（文化9年）という作品集がある。序文に「よし〳〵汝はなんじをせよ、我はもとの株番」とあるところから、自分で題をつけたものであろう。その一節を紹介しよう。

されば、我らがたま〳〵練出《ねりいだ》せる発句といふものも、みづから新しきとほこれば、人は古しとあざける。ふたゝびよく〳〵見れば、人の沙汰する通りいかにも古く、ほと〳〵おのが心にもうんじ果《はて》*、三日ばかりも口を閉《とづ》れば、是又木《で》偶《く》人のごとくへんてつもなく、よし〳〵汝《なんじ》はなんぢをせよ。我はもとの株番。(4)

この中の「汝はなんぢをせよ。我はもとの株番」という言葉から、「よく〱考えたが、やはり自分は自分であり、自分の心に忠実に生きていくことが最もよいのである」と言い切って、自分自身の道を見つけ出した一茶の姿が浮かぶ。つまり、この『株番』の序文から、一茶の内部の心的変化を察することができる。

一茶は文化前期にすでに、「我たぐひは、目ありて狗にひとしく、耳ありて馬のごとく、初雪のおもしろき日もね悪いものが降とて謗り、時鳥のいさぎよき夜も、かしましく鳴とて憎み、月につけ花につけ、ただ徒に寝ころぶのみ。これあたら景色の罪人ともいふべし」(『寛政三年紀行』)と書いている。「景色の罪人」と自称し、一見自己を卑下しているような態度を示した。しかし、文化後期において「乞食首領」「汝はなんぢ」と高らかに宣言し、一茶は赤裸々な自己をさらに外に表し始めた。

一茶は、このような自分自身の意識の展開の中で、独自の俳風を確立していったのだろう。それは現実社会におけるいのちの営みへの強い関心と、生きとし生けるものが躍動するいのちの世界の表出に他ならない。後で改めて紹介する〈天地大戯場〉という「共生的世界」の広がりとなって表れるのである。

いのちの逞しさ

確かにいのちははかなく、限りがある。しかし一茶は、一つ一つのいのちはその大小にかかわらず、〈五分の魂〉を原動力に、このうき世で悪戦苦闘しながら逞しく生きようとしていると見る。

身一ツを　いきせいはって　とぶ小蝶　（『文化句帖』文化2年）43歳

「いきせい」は「息精」と書き、ありったけの力を出すことである。小さな蝶もひらひらと一見優雅に舞っているが、一茶はむしろ、はかないうき世の中で精一杯逞しく飛んでいる姿に自分自身も重ね合わせながら見ている。

涼風や　力一ぱい　きりぎりす　（『七番日記』文化7年）48歳

きりぎりすは体長40ミリくらいの虫で、体は緑色か褐色、前羽には輝くような緑部に一、二列の黒紋が見られる。雄は、昼間前羽をこすりあわせて草の間でチョンギース、チョンギースと鳴く。成虫の盛りは真夏で、秋深くなっても生き残りが鳴くが、一茶の句は「涼風」という夏の季語から、元気いっぱいの夏のきりぎりすだろう。日中の暑さが過ぎ、夕方涼しい風が吹きわたる中で、きりぎりすは生き返ったように力いっぱい鳴く。その様子に一茶は小さないのちに対する逞しさを見ているのである。

有たけの　力出してや　秋の蟬　　（『七番日記』文化11年）52歳

歌人の四賀光子*（1885〜1976）の歌に、「ひぐらしの一つが啼けば二つ啼き　山みな声となりて明けゆく」（『麻ぎぬ』1947）という作品がある。夏の終わりの清々しい朝、ひぐらしがいのちの合唱を始める様子を詠んだ秀作である。

一茶も、蟬が残り少ない生命をありったけの声で鳴く姿をいじらしく、いとおしく感じていたに違いない。

きりきりしゃん　として咲く　桔梗哉　　（『七番日記』文化9年）50歳

* **四賀光子**…歌人。本名みつ。長野市出身。長野師範学校女子部卒業後、教師のかたわら太田水穂の「この花会」に参加。東京女子高等師範学校（現お茶の水女子大学）卒業後、水穂と結婚。若山牧水主宰の『創作』を経て、1915年水穂の『潮音』創刊に参加。水穂没後、同誌主宰。養子に太田青丘。門下に葛原妙子、山名康郎など。

晩夏から初秋にかけて、山野の日当たりのよい草地に咲く桔梗。太い根に青紫色の鐘形の花を開く。「きりきりしゃん」とは、きりっとひきしまった、しっかり者の女性を形容した言葉だが、秋の晴天に向かって毅然と立つ桔梗の姿は、まさに「きりきりしゃん」そのものだろう。可憐な野原の、素朴で元気で逞しいいのちの姿を感じさせてくれるような句だ。

昼顔や　ぽっぽと燃る　石ころへ　　　　（『八番日記』文政2年）57歳

この句の前書きに「浅間山**」とあるところから、一茶が幾度となく江戸と郷里柏原を往復する時に通過した、溶岩や砕石がゴロゴロと転がる浅間山麓の風景だとわかる。焼ける石に這いまとう昼顔の逞しい生命力が感じられる。一茶は、その昼顔の驚くべき生命力に感動したと思われる。ちなみに、昼顔の句はほかにもある。

大潮や　昼顔砂に　しがみつき　　　　（文化9年）50歳
昼顔の　這ひのぼるなり　わらぢ塚　　（文政4年）59歳

＊＊**浅間山**…長野県北佐久郡軽井沢町及び御代田町と群馬県吾妻郡嬬恋村との境にある複合火山。安山岩質で標高2568メートルの円錐型。世界でも有数の活火山として知られる。天明3年は大噴火があり、鬼押出が形成された。

以上、ここまで一茶の生命観の特徴を大きく4点紹介してきた。〈うつくし〉と〈五分の魂〉、〈無常《はかなさ》〉と〈逞しさ〉である。

こうした生命観こそが一茶の思想の根本をなしていると、私は考えている。多くの研究者たちが、一茶の思想の特徴を「生」という文字で指摘してきたことも、この四つの一茶の特徴を裏付けるだろう。

〈うつくし〉としての生命が、老いの自覚による無常観の深まりとともに、いのちの原動力ともいうべき〈五分の魂〉を洞察するようになる。さらに野性的な自我の発達によって、〈無常《はかなさ》〉でありながら、〈逞しく〉したたかないのちの観方が深化していく。四つの特徴を持つ、それぞれのいのちが繰り広げる全体世界が、いよいよ一茶独自の世界観を形作っていくのである。

注

（1）信濃教育会編『一茶全集（第三巻）』信濃毎日新聞社、1976年、122頁
（2）加藤楸邨『一茶秀句』春秋社、2001年、157頁
（3）丸山一彦『一茶秀句選』評論社、1975年、137頁
（4）信濃教育会編『一茶全集（第六巻）』信濃毎日新聞社、1977年、43～44頁

第五節　一茶の世界観・人生観

(一)〈天地大戯場〉としての世界観

文化前期、一茶は40代半ばになると、無常観の深まりと生への執着の強まりという正反対の意識の中で、独自の世界観が鮮明に現れてくる。これは、一茶の江戸在住時代であり、かつ着々と北信濃に自己の社中を形成していた時期である。

一茶が描き出した世界とはどのようなものだったのだろうか。ちなみに「世界」には、①仏語。衆生が住む時間と空間との全体をいう。娑婆世界　②人間関係をもって成り立っているある範囲の場所　③人間社会の全体、人が生活する地域。世間、世の中　④家の集合したもの。万国、地球　という四つの意味がある。

一茶の場合は、むしろ①に近いだろうか。〈衆生〉とは、命あるすべてのもの、つまり人間をはじめすべての生物という意味だから、人間だけのことではない。仏教では「わたくしは人間である」という言い方はせず、厳密には「わたくしは人間界の衆生である」という。一茶の世界観を表している言葉は、実は40歳代半ばにはすでに登場している。

> 苔の花　我も心に　思ふやう　是不角といふもの〻吟なりとかや。此人はしゃれ風とて謗《そしら》れし人也。彼《あれ》は非《ひ》これは是《ぜ》と、眼に角《かど》立てあらそふは人の常にして、いひしも云れしも、皆々今は夢となりぬ。本より天地大戯場とかや。[1]（傍点引用者）

これは、何度か紹介した『寛政三年紀行』の中の一節である。この紀行は、当時のメモをもとにしながら、後に改削・清書したものといわれており、時期的には文化3年（44歳）から文化5年の頃とされている。

この文章の中に登場する〈天地大戯場〉という言葉が、一茶の世界観を表す言葉だと私は見る。

〈天地大戯場〉とは、天地の間で善悪を問題として生きる人間が興亡葛藤し、ついには皆消え去ってしまうという場所を「戯場（劇場）」にたとえたものであり、清の康熙帝*（1661〜1722）の座右の銘であると伝わっている。

この文章からまず気づくことは、あれが間違いだとかこれが正しいとか、眼に角を立てて争っている現実の世界が、いかにはかない夢であるかという無常観である。しかも、〈天地大戯場〉という言葉によって、単なる無常観だけではなく、より広大な世界観が描き出されていることがわかる。

辞書的には「天地」は、①あめつち、天壌、天の神、地の神　②宇宙世界、世の中　③ある限られた場を比喩的にいう、「戯」には、①たわむれる　②かなしむ、むなしい　③息をはく、嘆息の声（ああ＝呼）、などの意味がある。

これらからすると、〈天地大戯場〉という言葉の総合的な意味は、「いのちのむなしさや悲しさを味わい、あぁと嘆いてため息をつきながらも、この広い現実の世の中で喜怒哀楽を味わいながら生きている、まさに大舞台（ステージ）」ということになるかと思う。しかも一茶の場合、人間だけではなく、動物も植物も生きとし生けるすべてのもの〈衆生〉が繰り広げるいのちのステージとしてとらえているところが興味深い。

＊**康熙帝**…清朝第４代の皇帝。名は玄燁また玄曄。遺命により８歳で即位する。在位60年は中国歴代皇帝で最長。在位中に中国本土、内外蒙古等の支配を完成してアジア帝国を形成。清朝の最盛期を現出した。安定した政治下で生産力は急激に発展。『古今図書集成』『康熙字典』等の編纂を行ったほかイエズス会宣教師から積極的に西洋の学問、技術を吸収した。

（二）〈娑婆〉と〈うき世〉

文化初期から、一茶の句に彼の世界観の特徴が顕著に現れてくる。最も特徴的なのが〈娑婆〉と〈うき世〉を用いた句である。

〈娑婆〉には、さば、しゃば両方の読み方があるが、さまざまな煩悩から脱することのできない衆生が苦しみに耐えて生きているところ、釈迦如来が衆生を救い教化する世界、現世、俗世界、などの意味がある。

苦の娑婆を　つくぐ〳〵法師　〳〵哉　（『文化五六年句日記』文化6年）47歳

法師蝉が夏も終わりに近づき、「苦の娑婆」といえるこの世で盛んに鳴いている姿を「つくぐ〳〵法師」という言葉で表現している。それは、まさに一茶自身の姿といってもよいかもしれない。

遊民〳〵とかしこき人に叱られても、今さらせんすべなく

また今年　娑婆塞《しゃばふさげ》ぞよ＊　草の家　（『文化句帖』文化3年）44歳

「遊民」とは仕事もせず遊んで暮らしている者であり、「かしこき人」とは為政者、儒者、僧侶のような知識人を指す。一茶は、かしこき人たちからいくら叱られても、今さらこれまでの生活を変えることもできないので、世間様のお邪魔になって過ごすしかないというのである。

こうした一茶の〈娑婆〉への執着は、『七番日記』の時期（文化7年〜15年）になるとその傾向が強まっていく。

又ことし　娑婆塞なる　此身哉　（『七番日記』文化9年）50歳

苦の娑婆や　虫も鈴ふる　はたをおる　（『七番日記』文化11年）52歳

娑婆の風に　はや笋《たけのこ》の　痩《やせ》にけり　（『七番日記』文化12年）53歳

この時期になると、〈娑婆〉とともに〈うき世〉を詠んだ句や俳諧歌が多く見られるようになる。

＊**娑婆塞**…ごくつぶし。生きていても何の役にも立たない者。邪魔者など。

〈うき世〉には二つの意味がある。一つは「憂き世」であり、辛い世の中、苦しみに満ちたこの世の中、出家生活や極楽浄土のような仏教的世界に対する俗世間、夢まぼろしのようなはかない世界、無常の世の中といった意味である。二つ目は「浮き世」であり、はかなくて定めのないものだから、深刻に考えないで、うきうきと享楽的に過ごすべき世の中という意味である。式亭三馬の『浮世風呂』のように享楽的に生きるべき世の中ということで、特に江戸時代に前代の厭世的思想の裏返しとして出てきた。一茶の『七番日記』の中にも、この種の句や俳諧歌が多く見られる。

鳴くな雁　どつこも同じ　うき世ぞや（『七番日記』文化9年）50歳
露はらり〳〵大事の　うき世哉（『七番日記』文化9年）50歳
朝顔も　銭だけひらく　うき世哉（『七番日記』文化10年）51歳
そよ風に　吹かれ〳〵て　うき草の　うき世並とて　花のさくらん（『七番日記』文化13年）54歳
つかの間も　汀《みぎわ》＊＊にうごく　うき草の　うき世並とて　花のさく哉

＊＊汀…波打ちぎわのこと。

こうした〈娑婆〉や〈うき世〉の「現世的志向」が、晩年の文政期に近づくにしたがって、より一層強まっていく。

（『七番日記』文化13年）54歳

極楽も　地獄も活《いき》て　居《い》るうちぞ
死《しに》ての後は　何か有《ある》べし　空翠《くうすい》

いささかてには違《たが》ひけると覚ゆ。此人はいかに世界を看破（正しく解すること、見破ること）したるならん。(2)

空翠というのは江戸蔵前札差問屋の主人で、本名を大口屋八兵衛という俳人である。これは、その空翠が詠んだ狂歌に対する一茶の感想である。「うき世の中にこそ極楽と地獄があるのであり、死んでしまえばいったい何があるだろう」という、かなり現実的な空翠の歌に対して、一茶は「世界を看破したるならん」と評価している。ここで一茶がいう「世界」とは、衆生が住む全体の時間と空間という意味だと理解できよう。一茶の心境はおそらく、「空翠さんは立派なもんだな。こんなに割り切ることができて。自分なんざあ、そこまで割り切れなくてこの娑婆世界に生きているよ」といったところではないだろうか。

現実の娑婆やうき世の世界に執着する「現世的志向」は、一茶自身が老いを自覚して無常観が深まったことによる「来世的志向」とともに、文化後期になるとより一層強まってくる。それによって、生きとし生けるものの世界がさらに広がりを見せていき、代表作の一つでもある『七番日記』の中で描き出されながら、一茶独自の俳風、いわゆる一茶調を生み出していくのである。

(三) 生きとし生けるものの世界

一茶は、〈娑婆〉や〈うき世〉というはかない現実の世界で、いのちを与えられて生きている人間をはじめとするすべての生あるものが、喜怒哀楽の中で悪戦苦闘しながら、また互いに喧嘩し押し合いへし合いしながら生きている、ととらえている。〈娑婆〉や〈うき世〉がある大舞台こそが〈天地大戯場〉、そこで限られたいのちでうごめいているものを〈衆生〉と呼んでもいいのだろう。

そのような一茶の心境をよく表現している句と俳諧歌を紹介しよう。

露の世の　露の中にて　けんくわ（喧嘩）哉　（『七番日記』文化7年）48歳

露の世を　押合へし合　萩の花　（『七番日記』文化11年）52歳

さく花の　中にうごめく　衆生哉　（『七番日記』文化9年）50歳

天人や　人見おろさば　むさしのの　草葉にすだく＊　虫とこそ思へ
（『七番日記』文化9年）50歳

江戸時代は、いうまでもなく身分制社会であった。しかし一茶にしてみれば、すべての人間が〈娑婆〉や〈うき世〉の衆生であり、身分などは関係がないはずである。50歳から54歳までの手記『株番』（文化9年〜13年）の一節は、それをよく表している。

＊集《すだ》く…多くの者が群がり集まる。多くの鳥や虫などが群がって鳴く。

布施東海寺に詣けるに、鶏《とり》どもの迹をしたひぬることの不便《ふびん》さに、門前の家によりて、米一合ばかり買ひて、菫蒲公《すみれたんぽぽ》のほとりにちらしけるを、やがて仲間喧嘩をいく所にも始《はじめ》たり。其うち木末《こずえ》より鳩雀ばら〳〵とび来たりて、心しづかにくらひつゝ、鶏の来る時、小ばやくもとの梢《こずえ》へ逃げさりぬ。鳩雀は蹴合《けあひ》＊＊の長かれかしとや思ふらん。士農工商其外さま〴〵の稼《なりは》ひ、みなかくの通り。
（傍点引用者）(3)

こうした考えの一茶であるからこそ、〈娑婆〉や〈うき世〉での権力を笠に着て、いばっている武士に対する反発心も生まれてくる。

かしましや　将軍様の　雁ぢやとて　（『七番日記』文化9年）50歳
武士《さむらい》や　鶯にまで　使はるゝ　（『七番日記』文化10年）51歳
涼まんと　出づれば下に　〳〵かな　（『七番日記』文化14年）55歳

さらに50代になると、動物や植物、あるいは無生物でさえも、〈天地大戯場〉と

＊＊**蹴合**…「鶏の蹴合」という春の季語があるように、春は最も鶏の闘争力が盛んであることから、鶏が来ると弱い鳩や雀は逃げるという意味。

いうステージで躍動する生きとし生けるものとして、多くの句を詠むようになる。

わか竹や　さもうれしげに　嬉げに　（『七番日記』文化9年正月）50歳
細竹も　わかわかしさよ　ゆかしさよ　（『七番日記』文化11年4月）52歳
有たけの　力出してや　秋の蝉　（『七番日記』文化11年8月）52歳
いざさはげ　わか盛ぞよ　吉野鮎　（『七番日記』文化12年3月）53歳
それ〴〵に　盛持《さかり》けり　苔の花　（『七番日記』文化12年6月）53歳
一つ蚊の　かはゆらしくも　聞へけり　（『七番日記』文化13年5月）54歳
飛下手の　蚤のかわいさ　まさりけり　（『七番日記』文化13年6月）54歳
じっとして　見よ〳〵蝉の　生れ様　（『七番日記』文化13年6月）54歳
たのもしや　棚の蚕も　喰盛　（『七番日記』文化15年3月）56歳

現代では頻繁に「共生」という言葉が使われるが、その基本的な意味は、別種の生物が一所《ひとところ》で共同生活を営む状態を指す。また、派生語の「共生感」という言葉には「人間が自分以外の事物に共通の生命があるとみなす」世界観が含まれる。

『七番日記』の句を読んでいると、まさに一茶の「共生感」に基づく世界が描き出されていることがわかる。文化前期から徐々にその傾向が見られ始めるが、『七番日記』（特に後半の時期）に至っては、〝共通〟のいのちを持ったすべての生きとし生けるものが繰り広げる、いわば「共生的世界」が見事に開花してくる。当時の句を調べていくと、一茶はこの共生的世界を描き出すことを好んで、進んでこうした句を詠んでいたと考えられる。それを証明するのが、次に紹介する一連の句である。「〇」「△」「ヽ」は、一茶自身が付けたものと言われている。(4)

〇はつ雁や　芒はまねく　人は追ふ　（『七番日記』文化8年6月）49歳
〇出て行ぞ　仲よく遊べ　きりぎりす　（『七番日記』文化8年9月）49歳
〇小むしろや*　蝶と達磨と　村雀　（『七番日記』文化9年2月）50歳
〇鹿の子の　迹から奈良の　烏哉　（『七番日記』文化9年5月）50歳
△苔清水　さあ鳩も来よ　雀来よ　（『七番日記』文化9年5月）50歳
ヽ狗《ゑのころ》に　爰迄《ここ》来いと　蛙哉　（『七番日記』文化10年正月）51歳
ヽそれがしも　連にせよやれ　帰雁　（『七番日記』文化10年3月）51歳

＊小むしろ…小《さ》は接頭語。筵《むしろ》は敷物。

ヽ人あれば　蚊も有柳　見事也　（『七番日記』文化10年4月）　51歳

ヽ前の世の　おれがいとこか　閑古鳥＊　（『七番日記』文化10年4月）　51歳

○又泊れ　行灯にとまれ　青い虫　（『七番日記』文化10年8月）　51歳

○猪熊と　隣づから＊＊や　冬籠　（『七番日記』文化10年10月）　51歳

○竹に来よ　梅に来よとや　焼の哉　（『七番日記』文化11年3月）　52歳

○わらんべも　蛙もはやす　焼の哉　（『七番日記』文化11年3月）　52歳

ヽ麦に葉に　てん〱舞の　小てふ哉　（『七番日記』文化11年正月）　52歳

ヽ起よ〱　あこが乙鳥　鳩すずめ　（『七番日記』文化11年正月）　52歳

○狗と蝶　他人むきでも　なかりけり　（『七番日記』文化12年正月）　53歳

○鹿の角　かりて休し　小てふ哉　（『七番日記』文化12年正月）　53歳

○くやしくも　熟柿仲間の　座につきぬ　（『七番日記』文化13年閏8月）　54歳

ヽ馬の耳　一日なぶる　小てふ哉　（『七番日記』文化13年5月）　54歳

○ヽ雁鳴や　相かはらずに　来ましたと　（『七番日記』文化14年正月）　55歳

○一人前　柱にもある　きのこ哉　（『七番日記』文化14年8月）　55歳

○とべ蛍　野ら同然の　おらが家　（『七番日記』文化15年4月）　56歳

＊**閑古鳥**…かっこうの異名。「閑古鳥が鳴く」は人の訪れがなく換算としている様で、生活が貧しく、ぴいぴいしていることのたとえ。

＊＊**づから**…人間関係を表す類の名詞について、その関係にある者の意を表す。ここでは「隣同士」。

○よい世とや　虫が鈴ふり　鳶がまふ　（『七番日記』文政元年8月）56歳

このように、『文化句帖』から『七番日記』の時期、一茶自身の世界観・人生観は、深まりや広がりを見せていく。

一茶が十七文字の中に描き出していったのは、彼が〈衆生〉と呼ぶすべての生きとし生けるものが、〈娑婆〉や〈うき世〉で繰り広げるさまざまな生の模様である。その大舞台こそが〈天地大戯場〉と表現されている。

それと同時に、自らの老いを背景に、一茶が晩年になるにしたがって一層鮮明になってくるのは、阿弥陀さまに身を任せ、すがろうとする「来世的志向」と、どこまでも〈娑婆〉や〈うき世〉にどっぷり浸《つ》かって生きようとする生への執着心を前面に押し出した「現世的志向」の二つの境地なのである。

（四）一茶晩年の生き方

〈他力〉と〈自力〉

さて、こうした二つの志向、すなわち無常観に基づく「来世的志向」と、生への執着心に基づく「現世的志向」は、一茶晩年の文政期にますます強まっていく。この点について、一茶の代表的な二つの句、「ともかくも　あなた任せの　としの暮」（『おらが春』文政2年）と「ことしから　丸儲ぞよ　娑婆遊び」（『文政句帖』文政4年）を通して考えてみるのが、わかりやすいと思われる。この二つの句にはそれぞれ前文がある。

まずは「ともかくも　あなた任せの　としの暮」の前文を見てみよう。

他力信心信心と、一向に他力に力を入て頼み込み候輩は、つひに他力縄に縛れて、自力地獄の炎の中へぼたんとおち入候。其次に、かかるきたなき土凡夫《どぼんぶ》を、うつくしき黄金《こがね》の膚《はだ》になしくだされと、阿弥陀仏におし誂《あつら》へに誂ばなしにしておいて、はや五体は仏染《じ》み成りたるやうに悪るすましなるも、自力の張本人たるべく候。問ていはく、別に小むつかしき子細は不存候《ぞんぜず》。ただ自力他力、何のかのいふ芥《あくた》もくたを、さらりとちくらが沖へ流して、さて後生《ごしゅう》の一大事は、其身を如来の御前に投出して、地獄なりとも極楽なりとも、あなた様の御はからひ次第、あそばされくださりませと、御頼み申ばかり也。如斯決定《かくのごとくけちぢやう》しての上には、なむ阿みだ仏といふ口の下より、欲の網をはるの野に、手長蜘《くも》の行ひして、人の目を霞《かす》め、世渡る雁のかりそめにも、我田へ水を引く盗み心をゆめゆめ持べからず。しかる時は、あながち作り声して念仏申《まうす》に不及《およばず》、ねがはずとも仏は守り給ふべし。是即《これすなはち》、当流の安心《あんじん》とは申也。穴かしこ。(5)（ふりがな引用者）

この前文に多く見られる言葉は、〈他力〉と〈自力〉である。ここから、長女さとを亡くした時の一茶自身の心境の一端を垣間見ることができると私は思う。興味深い点として、まず一つは「他力を信心しようとすればするほど、自力地獄に陥る」という点である。

〈娑婆〉と〈うき世〉に浸かっている煩悩の多い凡夫（俗人）が、「阿弥陀さまのようにきれいしてください」などと阿弥陀さまにいろいろとお願いするのが〈他力〉だが、お願いしていくうちに人間の欲が出てきて、お願いすることが増えていってしまう。すると、現世への執着心を前面に押し出した〈自力〉が〈他力〉を上回り、逆に「自力地獄」に落ちてしまうことがある。だから、「自分だけはこうしてほしい」とかは願わず、如来の前に素直に身を投げ出してお任せするしかない。形だけのお念仏などはする必要もないのだ。そのようなことをしなくても、阿弥陀さまは守ってくれる、と一茶はいう。

現在でも寺や神社にお参りする人たちが多く見られる。特に最近では、パワースポットとして若い人たちも好んでお参りする傾向がある。そうした行為は、やはり人間の力を超えたものへの畏れと仏様や神様にすがろうとする心の表れと考えられる。そうした中には欲張ってたくさんのことをお願いしている人もいるが、一茶の言葉を借りれば、「自力地獄」に落ちてしまっているということになるだろう。

以上から、「ともかくも　あなた任せの　としの暮」を詠んだ時の一茶の心境は、凡夫はどこまでも凡夫であり、それを素直に受け入れて、少なくとも「自力地獄」

にだけは陥らないこと、そして、あとは阿弥陀如来の前に素直に身を投げ出してお任せするという生き方をしていこう、というものであったのである。

次に「ことしから　丸儲ぞよ　娑婆遊び」の前文について紹介したい。

去十月十六日、中風に吹倒されて、直に北ぼうの夕の忌み忌みしき虫となりしを、此《この》正月一日はつ鶏《どり》に引起されて、とみに東山の旭のみがき出せる玉の春を迎ふるとは、我身を我めづらしく生れ代りて、ふたたび此世を歩く心ちなん。(6)
(ふりがな引用者)

これは「去十月十六日、中風に吹倒されて」とあるように、一茶は58歳の文政3年10月16日、豊野町浅野（現長野市豊野町）の雪道ですべった拍子に中風になり、半身不随になった。一茶が倒れる11日前（10月5日）には次男石太郎が誕生しているので、二人は一緒に枕を並べていたものと思われる。さらに「此正月一日はつ鶏に引起されて」とあるところから、翌文政4年の正月には回復していたらしい。九死に一生を得た思いからか、一茶は「我身を我めづらしく生れ代りて、ふたたび此世を歩く心ちなん」と心境を記している。当時一茶は59歳。まもなく還暦を迎えようとしていた時である。「ともかくも」から2年が過ぎ、〈自力〉や〈他力〉といった面倒なことは考えまいとするが、〈娑婆〉や〈うき世〉への執着からは依然として抜けきれない。

私たちにしてもそうである。年を取ってから信心深くなり、神様や仏様にすがろうとして有名な神社や寺院を参拝する一方で、現実の生活への執着は依然として強く、金銭欲や食欲などさまざまな我欲にとらわれている自分がいる。受験生は藁をもつかむ思いで、絵馬に「合格しますように」と書いて神頼みをするが、いったん合格してしまえば、また現実の我欲の生活に戻り、いつの間にか神様や仏様にすがっていた自分をすっかり忘れてしまう。あるいは、病気の時は「何もいりませんから早くよくなりますように」と神様や仏様にお願いしても、いったん治ってしまえば、また我欲が芽生え、現実の世界への執着が強まっていくのである。つまり、私たちの多くは、あまり意識せず、日常的に〈他力〉と〈自力〉の間を行ったり来たりしながら、その狭間で生きているということである。

「ことしから」の句に見られる一茶の心境も、そのようなことではないかと私は考えている。一茶という人は、聖人君子ではなく庶民的であり、親近感を感じる一方で、「凡夫」としての生き方を私たちの前に示してくれているといえる。一つ違うのは、一茶はそれを句作という創作活動を通して、自身の中でしっかりと自覚していたということであり、その点が一茶の一茶らしいところであろう。

限りない〈生〉の表現の追求

〈自力〉と〈他力〉の狭間で生きる「凡夫」として、素直に生きていこうとする一茶の姿勢は、文政期に入り、より一層「共生的世界」を広げていくことになる。そこには、常に追求の手を緩めず、よりよい表現を求めていこうとする一茶の姿が浮かんでくる。

次の表は、一茶の晩年すなわち文政期に入ってから、一茶の句に登場した季語である。意味が不明なものもあるが、時候、人事、動物、植物、地理など、新しい季語が見られることに注目したい。

とりわけ春と冬では、「人事」関係に新しい季語が見られる。夏と秋には「動物」

文政期（56 歳～65 歳）に新たに登場した季語

新年の部	春の部	夏の部	秋の部	冬の部
五の春	氷解つらら	夏の雨	葉月（陰暦八月）	短月
終江戸の春	二日灸	夏座敷	二百十日	寒空
庵の春	ふろんど	夏芝居	初嵐	十日ん夜
御忌参り	種俵	座頭の涼み	秋の水	寒習
おろし	鷹化して鳩と成る	麦飯	摂待	年用意
水神	田鼠化してうづらと成る	通し鴨	施餓鬼	古暦
筆始	蛇穴を出づ	腐草化して蛍と成る	大文字の火	事納
初始	身寄虫	蠅取りぐも	八朔（はっさく）	千葉笑ひ
初笑ひ	あざみ	尺取虫	鳴滝祭	あかぎれ
稲積む	桜草	毛虫	田守	寒灸（かんやいと）
諷ひ初	柳草	ぼうふり	出来秋	綿入れ
若湯	九輪草	羽蟻	毛見	寒晒し
ふいこ始	ぺんぺん草	みずすまし	ごぼう引く	寒鳥
年男	壬生菜	たでふく虫	新米	寒雀
手まり	いたどり	蜘の子	雀大水に入りて蛤と成る	犬
羽つき	杉菜	みみず出づ	蛇穴に入る	攘夷が島
若餅	土筆	草いきれ	秋の蚊	
鏡餅	海	踊り花	茶立虫	
歯固め	密の花	藪虱	松虫	
副鍋		美人草	みみず鳴く	
		青	さび鮎	
		芍薬	鰯	
		芭蕉の花	初鮭	
		蚊帳釣り草	葎（むぐら）の花	
		芦	白粉の花	
		いぐさ	千日紅	
		一つ葉	たでの花	
		胡椒	蘭の花	
		病葉（わくらば）	芭蕉	
		楠の花	ひづち	
		石梨	ほほづき	
		すもも	ひよどり	

文政期に急増した季語

	寛政	享和	文化（前）	文化（後）	文政
蚊	6	6	17	59	75
蠅	0	2	11	21	58
蚤	4	5	0	40	57
若葉	8	2	3	23	38

や「植物」関係の季語が新しい。特に夏と秋の季語が著しく、いのちのはかなさだけでなく、一般には忌み嫌われるような生物を積極的に取り入れて、句に詠み込んでいるのが注目される。

さらに文政期に入って急激に増えている季語もある。上の表は、その中でも顕著なものを時代別に分類した。

確かに晩年、多作になるにつれて、類似句が増えてはいるが、それ以上に、一茶は新しい季語を取り入れて、自己の句作に新風を吹き込んでいる。先にも紹介した〈天地大戯場〉というステージ（舞台）の上には、生きとし生けるものが、〈他力〉と〈自力〉の間で行き来しながら、限りあるいのちのドラマを共に演じている。素直に生きていこうとする意識を持つ一茶は、そうした仲間たちの数、つまり季語を増やしながら、十七文字の中に描き出していったのである。それは、何よりも動物・植物をはじめとして一茶独自の〈天地大戯場〉の上で繰り広げられる「共生的世界」が、一層の広がりを見せているということでもある。

(五)〈ちう位〉について

これまで述べたような一茶晩年の生き方を、どのように表現できるのだろうか。私は便宜上、「他力と自力の中間者としての共生的生き方」と呼んでおきたい。それはまた、悟りきろうとしても悟りきれない「凡夫」として、または〈衆生〉としての生き方でもある。

一茶自身の生き方において、〈他力〉と〈自力〉は決して矛盾するものではない。その両面を素直に受け入れようとする、いわば「中間者」としての生き方を象徴している言葉がある。それが〈ちう位〉である。

目出度さも　ちう位也　おらが春

(『おらが春』文政2年) 57歳

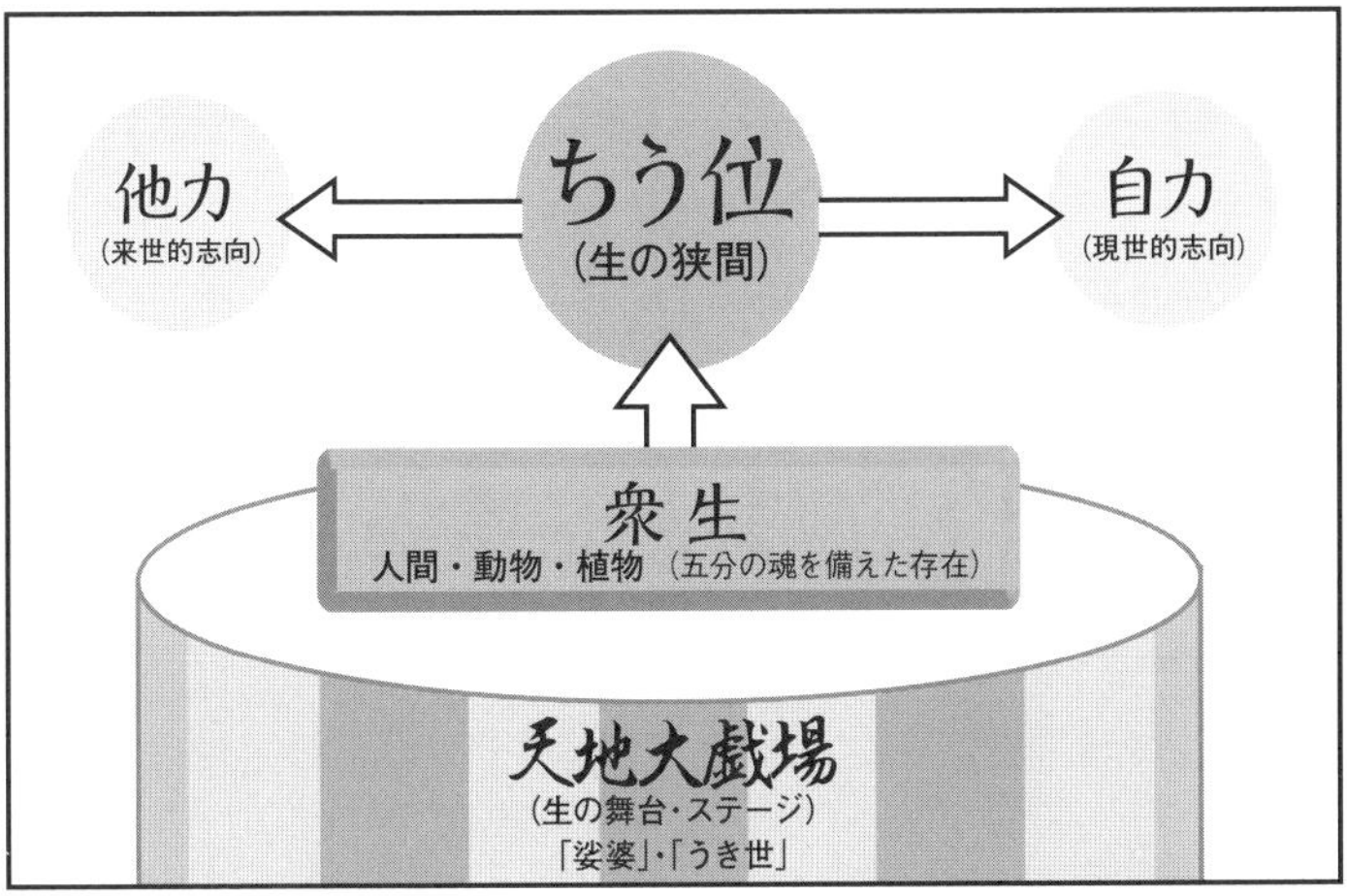

この句は、『おらが春』の冒頭に登場する。これまでにも、〈ちう位〉に着目した研究者は大勢いた。

たとえば、「あやふや、いい加減、どっちつかず、の意の信越方言」（丸山一彦『一茶秀句選』評論社[7]）、「あんまり目出度がりもせず、と言ってほったらかしということでもなく、阿弥陀さまにお任せしてほどほどの（〈ちう位〉の）正月」（金子兜太『一茶句集』岩波書店[8]）、「作者の自嘲と自足の気持ち」（黄色瑞華『一茶の世界』高文堂出版社[9]）などである。

三者の解釈とも、大変興味深い。しかし、〈ちう位〉が「あやふや、いい加減、どっちつかず」（丸山）、「ほどほど」（金子）、「自嘲と自足」（黄色）という意味だとすれば、それらを支えている一茶の生き方の根本精神がどのようなものかを、さらに明確に説明する必要があるまいか。

晩年になるにしたがい、老いの一層の深まりと死を強く自覚し、阿弥陀さまにおすがりしようとする「あなた任せ」の「来世的志向」。そして、現実のうき世で遊民や凡夫として「娑婆遊び」していこうとする「現世的志向」。この二つが矛盾することなく、素直に一茶の中で自然に融合し受容されていった時、この〈ちう位〉こそが一茶自身の根本精神に支えられた表現ではないだろうか。すなわち、阿弥陀如来にすがり、悟りきろうとしてもそう簡単にいくものでもないし、〈他力〉を意識すればするほど「自力地獄」に陥ってしまいそうになる。かといって〈娑婆〉や〈うき世〉に執着し、我欲を押し通して自力で生きていこうとしても、限りあるいのちの中でむなしいものである。まさに「どっちつかず」であり、「ほどほど」の生き方であり、自分の置かれている境遇や立場に対して「自足と自嘲」の気持ちも起きてくる。一茶は、こうした自身の境地を郷里の方言と掛け、〈ちう位〉という言葉で表現したのではないかと考えられる。

以上、一茶の人生観、特に彼の晩年において、〈自力〉と〈他力〉の中間者としての「凡夫」的・共生的生き方、それを象徴する〈ちう位〉という言葉を中心について考えてきた。

一茶は、芭蕉のように高く悟り、道を究めた人間ではなかったと思う。むしろ、自分でも言っているように「凡夫」「娑婆塞」「遊民」であり、庶民に限りなく近く、親しみやすい存在であったと考えられる。〈娑婆〉や〈うき世〉の中で群がり、喜怒哀楽によってうごめく〈衆生〉として、遺産相続問題も起こしたり、人並みの家庭を持ちたいと切実に願い、実際に実現したりした。だが、その一方では、生きとし生けるものたちを友とし、仲間として〝平らに〟見て、悟りきれないものの、素直に阿弥陀さまに身を任せようとしたのである。

人間は、喜びと悲しみ、苦しみと楽しみ、善と悪、是と非といった正反対のものの狭間で悪戦苦闘しながら生きている。そうたやすく〈自力〉と〈他力〉のどちらかに割り切れるものではない。むしろ、〈他力〉と〈自力〉との「中間者」（凡夫）として、弱さと強さの両面を併せ持ち、時に仏に祈り、時にしたたかに逞しく、現実の世界で生きていこうとする存在である。すなわち、このはかない現実の中で、同じいのちあるものと共存して生きていこうと考え、それを見事に作品として表現したところに、俳諧師一茶のまさに真骨頂があると私は考えるのである。

注

(1) 信濃教育会編『一茶全集（第五巻）』信濃毎日新聞社、1978年、18頁
(2) 信濃教育会編『一茶全集（第三巻）』信濃毎日新聞社、1976年、43頁
(3) 同前書、406〜407頁
(4) 小林計一郎『俳人一茶』角川書店、1964年、122頁。
「これは自分がよいと思った句に違いない。文化三年ごろから『一茶調の句』に「○」をつけた例がしだいに増え、そうした句を、意識的に作っていく傾向がうかがわれる」
(5) 信濃教育会編『一茶全集（第六巻）』信濃毎日新聞社、1977年、156頁〜157頁
(6) 信濃教育会編『一茶全集（第四巻）』信濃毎日新聞社、1977年、151頁
(7) 丸山一彦『一茶秀句選』評論社、1975年、146頁
(8) 金子兜太『一茶句集』岩波書店、1983年、379頁
(9) 黄色瑞華『一茶の世界』高文堂出版社、1997年、279頁

第六節　一茶の思想の継承

一茶の句や俳諧歌からは、四つの思想が読み取れる。

子どもを見る繊細な目を持っていた一茶には、生きとし生けるものすべてを自分と同じものとして共感し、それらの成長それ自体に対して期待し信頼し、さらには賛美しながら、親愛の気持ちで温かく見るという「子ども観」があった。

また、いのちを〈うつくし〉として見ながら、生あるものの内的な力への洞察を深めた〈五分の魂〉という「生命観」、さらには、生きるものの宿命である死にともなう〈無常《はかなさ》〉としての「生命観」、老いとともに現世における生に対する執着を強める中で魅せる〈逞しさ〉としての「生命観」もある。

一茶の最晩年に登場したのが、〈娑婆〉や〈うき世〉で〈衆生〉が右往左往を繰り広げる〈天地大戯場〉という大舞台で、生あるものが共に生きるという、いわゆる一茶調と呼ばれる独特の「世界観」である。一茶の思想の根本に貫かれているのは、生きとし生けるものへの親愛とも呼ぶべき独特の精神であり、〈天地大戯場〉にはあらゆる生命が登場する。

そして、〈娑婆〉や〈うき世〉の現実世界への執着による〈自力〉と、死への強い自覚によって阿弥陀さまに身を任せる「あなた任せ」の〈他力〉の両方を受け入れ、その狭間で生を貫いた〈ちう位〉としての「人生観」がある。そこに、一茶独特の境地としての「おらが世界」の特徴が見られる。

こうした一茶の思想は、門人たちにどのように継承されていったのだろうか。

（二）一茶社中の形成

郷里定住後、妻や子どもには生涯恵まれなかった一茶を支えていたのが、彼の多くの門人たちだった。一茶は生涯にわたって、俳諧に対する姿勢や精神を理解してくれていた門人たちと、心の交流を持ちながら共に生きることができたと思われる。では、信濃における一茶社中は、どのように形成されていったのか。

一茶が、北信濃一帯に自己の社中を形成するのは、彼が西国行脚から帰国した直後の寛政10年（1798）、36歳の時から始まる。社中形成が本格化するのは、45歳の文化4年（1807）から文化9年の時期である。

江戸の生活で一人前の俳諧師とはなったが、古巣である葛飾派との折り合いや自らの老いの問題、そして唯一の肉親である父の死を直接のきっかけに、一茶自身が生活の安定を求めて、自らの社中形成を積極的に展開していったと考えられる。

郷里柏原で懇意にしていた酒造業の中村家（屋号「桂屋」、俳友平湖、門人二竹）からその親類縁者へ、またその土地の有力者や教養人を通して、次第に点から線へ、さらには網へと社中が拡大していった。一茶という一人の俳諧師（宗匠）を中心に、一つの俳諧学修網（ネットワーク）が作られていった。

一般に「社中」とは、①組合の仲間　②詩歌・邦楽などで、同門の仲間の称　③会社の内、社内　などの意味がある。一茶社中という場合は②だろう。また、社を結ぶ人や仲間という意味と、結社そのものとしての組織体を意味する場合があり、一茶の関係資料にも「俳諧寺社中校正　一茶発句集　仏都　龍堂梓」「葛飾社中と称するものは素堂の門裔なりとかや。素子は翁に左右する友人にして名達なりき」

滝沢・中村・久保田氏系図

天明4年死
中村与右衛門
女（野尻石田伝右衛門娘）
→
文化3年死（平湖）
与右衛門
女（いく）
→
太三郎（二竹）
与右衛門

天明3年死
滝沢善右衛門
→
天保11年死、67歳
善右衛門（可候）

文化14年死
久保田重右衛門（春耕）

嘉永3年死、79歳
八郎次（柯尺）

＊下線は一茶門人

「点取の社中のごときは雑俳にして論の外なり」などと使われている。45歳となった文化4年（1807）、社中開始当初の記録の一部を掲載する。

（文化4年8月）

四日晴　毛野ニ入（五日も）　滝沢可候（平湖のおいに当たる）

六日晴　渋村、わたや市左衛門に舎る。かねて約束なれば、先湖光、完枝（関之）に逢て歌仙などす。

十日晴　六川大庄屋寺島善蔵（善衛門の誤り）夏焦

同　御陣屋　玉木恒右衛門　基壁
同所　梅松寺　法印（住職は門人知洞）
小布施　帯瀬和田七　杜風
十一日晴夕雨　芋川村　毛野
浅野（上水内郡豊野町の内）松見寺（久保山正見寺のこと。浄土真宗本願寺末派の寺。）
十三日晴　毛野ニ入
十四日晴　柏原ニ入
十九日晴夜雨　野尻　巴水（はすい　野尻の門人）亭ニ入
（文化四年十一月）
五日晴　柏原ニ入
雪の日や　古郷人も　ぶあしらひ
九日晴　毛野ニ入
十二日晴

心から　しなのの雪に　降られけり

十三日晴　小冊一　毛野滝沢ニ借ス　神代、南郷、石村、三才、新町ニ出ル　善光寺滝沢ニ泊

十四日晴　南原にて可候に別る

十五日晴　柏原ニ入

十九日曇　江戸ニ入

（「文化三―八年句日記写」・「連句稿裏書」参照）[1]

一茶は文化4年、亡父の七回忌への列席と遺産問題を解決したい思いで二回帰郷している。一回は7月から10月上旬であり、二回目は10月下旬から11月中旬までである。

毛野の滝沢可候とは、すでに8年ほど前から文通しており、面識もあったはずで、一茶社中結成当初の拠点であったことは間違いない。滝沢家は、柏原で酒造業を営む中村家の近い親類で、一茶の門人である久保田春耕や小布施の俳友杜風とも縁続

きの家である。おそらく一茶は、自らの社中を広げていく手段として、こうした縁故関係を頼ったにちがいない。日記メモに見られる地名（六川、浅野、野尻、小布施）は、一茶の俳諧ネットワークの要となる場所で、これらの地から広がっていったのだろう。

メモの中で、８月10日に六川と小布施在住の人々の名前や俳号が見られる。地元の郷土史家、小林計一郎氏は著書『小林一茶』（吉川弘文館）の中で、「この時はじめて一茶の指導を受けたのだろう(2)」と指摘する。14日には柏原の弟仙六宅に入ったが、「たまに来た　古郷の日は　曇りけり」「古郷や　又あふことも　片思ひ」（いずれも『連句稿裏書』）という具合に、遺産分配の話は進展しなかった。遺産分配交渉のため、一茶は再度11月５日、初冬の柏原に入ったが、継母や弟とは話がつかなかった。

雪の日や　古郷《ふるさと》人も　ぶあしらひ　（『文化句帖』文化４年）45歳

しかたなく、一茶は柏原を出て毛野に入った。ここには一茶の門人滝沢富右衛門重郷（可候）がいた。一茶は9日から12日まで、毛野の滝沢家に滞在して各地域を巡り、善光寺の滝沢家の分家（柯尺）を紹介してもらっている。このように、一茶は地元の有力者の縁故知人などを紹介してもらいながら、自らの俳諧結社を拡大していった。一茶は、帰郷のたびに北信濃各地を歩いて地盤の開拓や門人の獲得に努め、長沼をはじめ六川、高井野、浅野、中野、湯田中、野尻などの各連を中心として、有力な社中を形成したのである。一茶の門人は北信濃だけではなく越後方面など広範囲にわたっており、最も中核となった連の一つが長沼連である。

山路来て　何やらゆかし　菫草　　翁
　雀が春も　三日立けり　　春甫
陽炎に　樫のはしらの　穴明て　　掬斗
　一番船の　いま着しこえ　　呂芳
傘《からかさ》の　ひろがるやうな　月影に　　松宇
　ぱらり〳〵と　もゆる豆殻《まめがら》　　素鏡

文化6年（1809）夏、「山路来て」で始まるこの歌仙は、長沼連の門人村松春甫*が、自ら設けた庵を芭蕉の句にちなんで「菫庵」と号し、その記念集『菫草』として編んだものである。春甫（1772〜1858）はもともと狩野派の絵師で、一茶の肖像や「長沼十哲」を描いた人物としても有名。本業の絵を一茶に送る一方で一茶が春甫の発句を添削している。つまり、一方的な師弟関係ではなく、専門分野を通して共に学び合う関係が成立していたと考えられる。

春甫を一つの発端として、その連なりが広がりを見せていく。松井松宇、中村掬斗、呂芳といったいわゆる「長沼十哲」と呼ばれるメンバーの登場である。そのきっかけが、文化6年夏の歌仙であるといってもいいだろう。

松宇（1757〜1827）は長沼上町の人で松井善右衛門といい、一茶より6歳年上で宿名主、問屋を務めた富農である。一茶との関係が文献上現れるのは、文化6年2月の書簡である。

御安清被成候哉、奉賀。しかれば、画さん、私はめづらしからぬと奉存候。巣兆にたのみてしたため申候間、しんじ候。右申入度、かしく。二月二十日　正

＊**村松春甫**…狩野派の画家。青年の頃江戸に出て、牧野清斎に茶道、礼法、狩野了承（一説に興信）に絵を学び、師に従って日光東照宮の改装に携わったこともあるという。

月はくやしく過ぎぬ春風　有明や家なし猫も恋を鳴く　などと御評価被下候。
松宇大人。(3)

前年の文化5年、祖母の三三回忌と、弟仙六に父の遺産分割を約束させるために郷里に下った一茶は、長沼の松宇に画賛（画の余白に内容を補うために書き添える文章、詩歌）を依頼された。春甫の紹介かどうかはわからないが、松宇は一茶と出会って師と仰ぐことになったと思われる。一茶は自分のものでは珍しくないと考えたのか、友人で江戸で著名な俳人建部巣兆に頼んで手紙を送っている。

次に掬斗（1772〜1867）は、六地蔵町の人で中村順石といい、一茶より9歳年下である。農業のかたわら代々医者であり、特に産科を専門としていた。医業は父元調に学び、連歌もよくしたといわれる。掬斗の資料への初見は、文化6年7月の一茶が春甫たちと千曲川を逍遙した記事か、その夏の「山路来て」の歌仙であろう。

呂芳（享年未詳）は、六地蔵町の経善寺十二世住職であり、俗姓は立花といった。父完芳も俳諧を嗜《たしな》み、其一庵完芳と号した。ちなみに経善寺は、明治維新で廃寺となり、その後長野に転居した。子孫は現在、長野市岩石町に在住である。一茶は、この寺をことのほか安らげる場と感じていたようで、後に「ふのの渡りをわたりて漸七日に長沼の呂芳にやどる。此寺はよりより寝馴れし寺なれば、来し方のはなしなどに心伸して我家のやうにはらばふ。唐がらし詠られけり門清水」(4)と書き記している。

この時期、「長沼十哲」の人物が、もう一人登場する。住田素鏡（1772～1847）である。六地蔵町の人で住田奥右衛門保堅といい、家は村役人を務めた富農である。文献上の彼の初見も、文化6年夏の「山路来て」の歌仙の座である。その中で素鏡は、松宇の「傘のひろがるやうな月影に」に対して、「ぱちり〳〵ともゆる豆殻」といういかにも農民らしい付句をしている。

後に「長沼十哲」と呼ばれる春甫、松宇、掬斗、呂芳、素鏡といった人々以外にも、この時期、一茶社中長沼連を形成する人々が現れる。「山路来て」の歌仙を見れば明らかで、そこには先の5人のほかに、子来、有好、杉谷、翫羅、雪丸、稲伽、完芳、允兆がいる。完芳は呂芳の父である。各自については不明な点が多いが、一茶を一つの「結び目」とした長沼連が、春甫たち土地の有力者や教養人を中心に形成されていったことは確かである。

長沼連が本格的に確立期を迎えるのは、文化7年（1810）から文化10年（1813）にかけてだと考えられる。「長沼十哲」のうち、まだ登場していないのが、佐藤魚淵と吉村雲士、西島士英、正覚寺住職二休と原立寺住職月好であり、一茶晩年の門弟である月好以外は、この4年間に加わっている。

晩年まで有力な門弟であった魚淵の初見は、『七番日記』の文化7年12月19日に「長沼魚淵文通六十八文扇代来」(5)というメモ書きがある。

魚淵（1755~1843）は長沼内町の人で、名は佐藤信胤、字は松益といい、農業のかたわら漢方医を業としていた。一茶より8歳年上だった。もともとは、一茶以前に長沼の地に勢力を持っていた猿左の門人だったが、文化7年12月に一茶門に転じた。上記のメモから推察すると、入門の手続きなども極めて簡易であったことがうかがわれる。俳諧、医業以外にも、和歌や牡丹、菊作りなど広い趣味の持ち主であったらしい。また非常にユーモアのある人物であったようである。その例が『おらが春』の次の一節に現れている。

わが友魚淵といふ人の所に、天が下にたぐひなき牡丹咲きたりとて、いひつぎきき伝へて、界隈はさら也、よそ国の人も、足を労してわざ〱見に来るもの、日々おほかりき。おのれもけふ通がけに立より侍りけるに、五間ばかりに花園をしつらひ、雨覆ひのしとみ*など今様めかしてりりしく、しろ・紅・紫、はなのさま透間もなく開き揃ひたり。（中略）外の花にた（接頭、意味の強調や語調の整え）くらぶれば、今を盛りのたをやめの側に、むなしき屍を粧ひ立て、並べおきたるやうにて、さら〱色つやなし。是主人のわざくれに、紙もて作りて、葉がくれにくゝりつけて、人を化すにぞありける。

紙屑も　ぼたん顔ぞよ　葉がくれに　一茶(6)

これは、一茶が魚淵の作った紙の牡丹にまんまと騙されたという話である。一茶より年上だが、なかなかの茶目っ気ぶりである。なお、5月22日に六地蔵町の掬斗宅で歌仙の興行が催された時のメンバーは、一茶、呂芳、春甫、掬斗、素鏡の五人である。

『七番日記』文化9年7月13日には、西島士英（1784〜1842）が見える。

*しとみ（蔀）…建具の一つ。格子を組み、間に板をはさんだ戸。日光、風雨をさえぎるためのもの。

この人はこの記事が初見である。上町の人で農業兼酒造業のかたわら名主も務めていた。若くして江戸に出て市川米庵に書を学び、近隣の多くの人々も彼の指導を受けたという。

一茶が頻繁に長沼を訪れていることは日記などからわかる。文化9年は、郷里定住を希望していた一茶にとって、一つの節目となった。1月19日の父の十三回忌を契機に、弟仙六との遺産相続問題の和解が成立したからである。この時期にはすでに、長沼を拠点とした北信濃の一茶社中は形成されており、一茶は和解の晴れ晴れとした気持ちで中核地である長沼を頻繁に訪れたのだろう。

「長沼十哲」のもう一人、正覚寺二休（1778〜1843）の名前（俳号）は文化9年2月18日に見られる。正覚寺は浄土真宗の寺院で、二休は十八世住職で別号は花然庵、俳諧以外に茶道、花道にも通じていた。

残りの一人、長沼津野の日蓮宗原立寺月好（年齢未詳）が文献に初めて登場するのは文政5年（1822）2月3日で、比較的時期が遅い。この日、同寺院で田楽会が催されており、同地の二休の紹介などで一茶と面識を持ったのかもしれない。月好は俳諧以外に書や絵にも堪能であった。連句や書簡にも見られない月好が「長沼十哲」に加えられているのは、晩年の一茶との付き合いが深かったためである。たとえば、文政5年（1822）4月25日（2泊）、6月29日（1泊）、文政6年（1823）7月8日（1泊）、12月1日（一茶、魚淵、二休と白斎での書画会に行く）、12月5日（1泊）、文政8年（1825）6月9日（1泊）、8月3日（2泊）と交流している。

春甫の『菫草』もそうだが、一茶は社中を形成する手段として、門人たちの撰集編纂に助言したり、江戸の有力な俳人に推薦文を書いてもらったり、江戸の出版社に交渉したりしている。こうしたこともプロの俳諧師の役割の一つだった。

社中に対する俳諧指導は、歌仙での直接指導と合わせて書簡による添削指導が行われていた。次は添削の一例である。

春甫あて（文化6年2月）

刀禰川《とねがわ》や　羽口（堤防の斜面）も出来て　春の雨

なの花の　咲連もない　　庵哉

御句いずれも甘吟なれど、別して里の子のわかな（つむとて化粧かな）おかしく奉存候。　春甫様(7)

一茶は自分の句を門人や俳友に手紙で送り、「評価してください」とも書き記している。直に足を運べない時でさえ、一茶は門人たちに手紙をまめに書き送った。手紙を通して発句の添削指導などを行い、門人とのつながりを持ったのである。ちなみに、一茶の書簡を分類整理してみると、①書物・出版物の郵送に関するもの②安否に関するもの　③土地の情報伝達に関するもの　④出句の奨励に関するもの⑤注文依頼に関するもの　⑥お礼に関するもの　⑦近況の報告に関するもの　⑧俳句添削指導に関するもの　にまとめられる。当然、用は単独であるわけではなく、多くの場合、複合的な内容である。

文政3年（1820）11月、一茶58歳の時、江戸品川に住む俳友宅池（本名鶴田与総右衛門）に宛てた書簡もその一つである。

十月二日の御書、二一日拝見。弥御安清のおもむき、奉賀候。されば、『犬筑波』久しく願候に、此の度送り給り、衣のうらを得しやうにうれしく、おかしく熟覧候。さて、私も十月十六日、途中にて辷《すべ》り転ぶを相図に中風起り、最早《いちはやく》道駕籠にて庵に乗込候。すはや成美の跡（5年前死去している）追ふて国一見かと思ひけるに、手合わせの薬にて、口曲りも半身不随も癒《いえ》候。しかれども、かの破れ道具なれば、生涯中風のつぎの目は直るまじく候。若《もし》又、此まゝにころりとしたらば、御方角を迷ひ歩かんと被存候。其訳《わけ》は文路『おらが世』、春耕が『菫塚』、素鏡が『種おろし』、此三部の外にも、さまぐ＼江戸に参りて編むべく思い候間、其集との半途果たらば、執心必ふはりく＼として、一番に品川へも出かけ申べく、其時わっとかけ出し被成《なされ》ず、幽霊太鼓のどろく＼でも鳴して御用心可被下候。

十一月十一日　　　卓池家様(8)

かなりユーモアのあふれた書状である。これは、先の①⑥⑦が複合した内容で、この手紙を出す1カ月前に浅野の雪道で転んだ拍子に中風にかかり、柏原の庵で10日前に生まれた次男の石太郎と枕を並べて寝込むことになった時のものである。病に伏してもなお衰えない一茶の俳諧への執念と、門人に対する俳諧師としての彼の一面がうかがえる。

一茶のどの手紙からも、一茶が日頃どのように暮らしていたのかということが垣間見られる。次のように犬を預かってほしいというようなものまである。

善光寺かぢ屋様　　柏原　一茶

御安清被成候哉。しかれば、此犬共、二三日御かくまひ可被下候様奉希候。二三日過ぎれば、此方より迎ひにしんじ候（以下略）(9)

これは、一茶が他界する文政10年（１８２７）に、隣村の牟礼に住んでいる門人草水宛に出した手紙の一部で、中風を再発した一茶はおそらく、自分で飼い犬たちの面倒をみることができなかったのだろう。

門人からどのようなものをお礼として受け取っていたかも、手紙からわかる。主なものはお金、衣類（羽織など）、酒、炭火、餅などで、次は文政３年12月、長沼の門人から山芋をお見舞いとしてもらった礼状の一部である。

過日ははる〲御出、御見廻《みまひ》の品ありがたく、又其上に大蕷《いも》沢山、好物のもの故、とろゝ汁を仕候而、賞味、御礼申上度、かしく（以下略）(10)

一茶の書簡の中には、こうした日常生活に直接かかわる内容のものも多く見られる。書物などの賃借郵便や俳句の添削が多く、月並俳諧へ出句を門人に勧めたり句集の出版を推し進めたりといった、個々の人間同士の活発な交流の事情もまた、数多くうかがうことができるわけである。ややもすると、私たちは生活と学びとを切り離しがちだが、一茶に関していえば、生活即学びなのである。当時は、自ら一人ひとりが活発に学修すること自体が生活だったと考えられる。

一茶が51歳で柏原に定住した頃には、北信濃地帯から越後の一部にかけて一茶社中がほぼ完成していた。

一茶社中は庶民的であり、格式を重視したり、束脩を厳しく決めたりせず、多少の入門科と盆暮のお使い物程度で、あまり厳粛な入門上の決まりはなかった。門人の職業も武士、僧侶、神官、町人、農民などであり、親子や夫婦で入門しているものなどさまざまだった。また一茶自身、「我が弟子」という意識ではなく、「我友魚淵」「友垣」というように共に俳諧を嗜む友として考えていた。

こうした俳諧師一茶を門人たちは温かく迎え、彼の人柄を慕い、俳諧の手ほどきを受けたのである。彼らは一茶への好意から自分の家に泊まらせたり、生活を共にしたりする中、一層の親しみが増していったのだろう。

祝御句忝奉存候。いまだ半本腹ながら、ほく〳〵まはりて御礼申上度、かしく。

八月二十三日

山里や　あゝのかうのと　日延《ひのべ》盆

思遠国旅人

えいやつと　来て姨捨の　雨見哉

など、貴評可被下候。

高井郡四人衆様(11)　（文政7年8月）62歳

もし師が病に伏せれば薬などを持参し、快気すれば連衆が初句を詠んで送る。そうした門人たちの温かい心配りを、一茶は本当にうれしく思っていた。

＊**文虎**…浅野の人。西原佐左衛門。油商。父平八（俳号栗之《くりゆき》）も一茶門人。文化8年7月、文虎の依頼で一茶がその作品を批評したことから交流開始。以後、頻繁に文虎宅に宿泊、文虎の商業上の連絡網によって江戸の成美、道彦らの文通を得た。

一茶の思想は、このように彼を慕う多くの門人たちへ自然に伝わり、広がっていったと考えられる。それは、一茶死後の門人たちの動向を表した略年譜が物語る。

文政10年（1827）　一茶、土蔵の仮住まいで死去、65歳。
　門人文虎*が『一茶翁終焉記**』を著す。
文政12年（1829）　三回忌追善のため、俳諧寺門人により『一茶発句集』刊行。
　柏原の「松陰に寝て食ふ六十余州哉」句碑建立。
天保4年（1833）　立花宋鶴『一茶発句鈔追加』刊行。
天保13年（1842）　茶静編『俳諧職業尽』二三句収録。
嘉永1年（1848）　今井墨芳（彦右衛門）編『一茶発句集』出版。
嘉永2年（1849）　一茶二十三回忌追善が西原文虎宅で行われる。
嘉永4年（1851）　風間新蔵が『八番日記』を書写する。
嘉永5年（1852）　白井一之《いっし》***が『おらが春』出版。
嘉永6年（1853）　一茶二十七回忌追善が村松春甫宅で行われる。

＊＊**一茶翁終焉記**…『芭蕉翁終焉記』にならい随所にその影響が見られる。一茶の句の「かるみ」が「一茶風」としてもてはやされたという、一茶の生前の世評を伝える貴重な記述。

＊＊＊**白井一之**…中野市中町の人。白井彦兵衛政規。一茶没後の門人。酒造業。柏原の中村六左衛門、湯田中の山岸梅塵の親戚にあたる。

安政2年（1855）　山岸梅塵が、この頃までに多くの一茶遺稿を書写。

安政4年（1857）　今井墨芳が、この前後数年にわたって房総方面の一茶の足跡を踏査する。

（『一茶全集　別巻』参照）

（二）一茶思想の継承

月を覆ふ雲、花を散す風、善悪表裏はめぐる車の輪の如しと、いにしへの人のことばこそむべなれ。我師は能《よく》これを暁《しょう》し、生涯を自然に任せられしに、いぬる文政丁亥《ひのとい》の冬身まかられてのち、教えを請《うけ》し人ぐ、遠き境までも最寄々々にいひ伝へ、はやくもかけあつまりて、残れる人にものとふに、いひおける一言もなく…。(12)

これは、一茶が亡くなってから2年後の文政12年（1829）、彼を慕う門人たちによって出版された『一茶発句集』（文政版）の巻末の文章である。表見返しに「俳諧寺社中校正　一茶発句集　仏都二龍堂梓」と書かれ、長沼の門人春甫の描いた「俳諧寺一茶像」の肖像も見られる。一茶の遺物や遺品の大部分は親しい門人たちに伝えられたらしく、門人たちはそれを持ちより、分担校正して編集したのである。

門人たちにとって、師一茶の「教え」とはどのようなことだったのだろう。それは、「生涯を自然に任せ」という言葉に表れているといえる。一茶は門人たちに、「美しい月に対してそれを覆いかくす雲もあるし、また美しく咲く花もあれば、それらを散らす風もあり、善と悪とは表裏一体のものでいわば車の両輪のようなものである」という昔の人の言葉を、よく話していたらしい。一茶の〝教え〟として「生涯を自然に任せ」るということは、彼の「彼《あれ》は非これは是と、眼に角立てあらそふは人の常にして、いひしも云れしも、皆々今は夢となりぬ。本より天地大戯場とかや」という発想ともつながるだろう。

一茶が到達した思想は、「この世に「生」を与えられて生きているすべてのものである〈衆生〉は、いつかはこの世から消え去っていくが、現実の世界をずっと見渡してみると、人間一人ひとり、いや生あるものすべてが、〈天地大戯場〉という舞台の上に繰り広げられる〈娑婆〉や〈うき世〉の喜怒哀楽を、繰り返し味わいながら生きているという。それがまさに真の現実の世界である」ということである。この大舞台で生きるのに大切なことは、現実の世界で精一杯生きようとする〈自力〉（現世的志向）と、阿弥陀仏に身を任せようとする〈他力〉（来世的志向）という、いわば人間の強さと弱さという狭間で生きているということを素直に受け入れていくことである。門人たちは師のこうした姿勢や精神を、「自然に身を任せ」と表現したと考えられる。

一茶が、門人や俳友たちと巻いた歌仙の中にその一端を垣間見ることができる。次の長沼の門人たちとの歌仙などはその一つであろう。

小男鹿や　啼くほど啼て　うつぱしる　　春甫
冷々風の　蕎麦の葉の月　　柏葉
木綿買　大ものさしを　突さして　　一茶

まんまとこえし　のり合の船　　春甫（文政元年）

いざ笑へ　いざ〳〵笑へ　小さい子　　一茶

寝ござの蚤も　みそか掃きとて　　掬斗

笹ちまき　となりの犬に　ふるまはん　　春甫

七里四方は　みな法花宗　　一茶（文政2年）

（以下省略[13]）

これらの歌仙から、一茶と長沼の門人たちは、方言や生活そのものを取り入れながら自由奔放に付合がなされていることがわかるだろう。ここに登場する小男鹿も子どもも蚤も犬もみな、〈天地大戯場〉の上で行われるいのちの営みの世界の〈衆生〉であり、仲間である。連衆全員が、生きとし生けるものへ目を向け、親愛の感覚をもって詠み合う。そこからは、自然と子どもの笑い声、動物の鳴き声、餅をつく音など、生きている証しとしていのちの声や音と共に、人間の生《なま》で自然な姿をイメージすることができる。

私たちは、特に飾ることなく、ありのままの自分を素直に出しながら生きていこうとする一茶の「自然に身を任せる」という精神が、まさに門人たちにも浸透していたことを読み取ることができるのである。

（二）「教師」としての一茶

風月を友とし旅泊を栖《すみか》として、身を風前の塵《ちり》に思ひなし、みづから一茶と名のりて、一所不住の翁（一茶のこと）なり。（中略）抑々此《そもそもこの》翁、天性清貧に安座して、世をむさぼる志露《つゆ》ばかりなし。其徳をしたひ其句をしたふもの、国をこへ境をこへて草扉をたゝく。さればこそ俳諧の李白、涎《よだれ》もすぐに句になるものから、一樽の酒に一百吟、その句のかるみ、実に人を絶倒せしむ。世挙って一茶風ともてはやす。

しかるに六旬のころ、坊守《もり》のひき風といふより、病の重荷さりがたく、無

常の風に吹倒されけるころ、

小言いふ　相手もあらば　けふの月

と愁眉《しうび》をひらかれけん。（心配げな顔つきや目つきがほっとすること）跡にひとりのかたみ子あり、

おさな子や　笑ふにつけて　秋の暮

かく寵愛ふかきふところに、あさきうき世のいにしありけん、是もはかなくなりぬる時、

露の世は　露の世ながら　去りながら(14)

これは、一茶の門人であった北信濃浅野の油商、西原文虎（一茶より25歳年少）が著した『一茶翁終焉記』の一節である。

文虎はこの書の中で、明らかに一茶を教師として、しかも優れた教師として見ている。師の生活、作風、人間性などの特徴を指摘しながら、一茶の人間像を描き出している。文虎は一茶の「徳」を敬い、その徳をもって創作された句も同様に慕いながら、「国をこへ境をこへて草扉をたた」いたと書き記している。これがまさに

俳諧の「師」一茶なのである。

一茶の作風についても、「よだれもすぐに句」になるくらい、次から次へと多彩に詠まれるほど軽快であり、内容的にも単に庶民的、通俗的ではなく、「かるみ」の境地に達しており、人々がそれを「一茶風」と呼んで賞賛していたことを指摘している。もちろん、文虎自身もまた、それを愛しい仲間の弟子たちと共に、この「作風」を己れのものと汲み取って、世に広めていったにちがいない。ここに師としての一茶から、弟子へと流れる教育的伝承がある。

さらに文虎は、一茶の人間性の一面について、無常観が強く、子どもへの「寵愛」も深い性格だったことを、一茶の句を引用しながら述懐している。これらはまさに、師一茶の人生観、人間観、俳句観につながるものである。文虎にとって一茶は、「俳人」というより、それ以上の「俳諧の宗匠（師）」であったのである。これはもちろん文虎にとってだけではなく、広く一茶に親しむことのできた人々すべての思いであったにもちがいないのである。

一茶自身、郷里に戻り、懐かしい景色を眺め、懐かしい言葉なまりを聞きながら、ありのままの自分を出していったと思う。そうした師一茶を慕う門人たちも、一茶の作る句に自然に共鳴し、自らもいのちのさまざまの営みを創作しようという意欲を持ったに違いない。門人たちにとって、師一茶の徳と句とは、決して別々のものではなく、一体のものとして親しみをもって受け止められていたと考えたい。

一茶の「自然」や「慈愛」などの精神は、一茶の死後も歌仙や書簡なども通じて日ごとに広がりを見せ、門人たちに伝えられていったのである。

以上、これまで一茶の生涯とその思想について述べてきた。

改めてそこから気づくことは次の点である。〈天地大戯場〉という大舞台の上で、ほかの生きとし生けるものたちと共に、この世にどっしりと腰を据え、強烈な自我を全面に抛行しながら現実そのものを生きようとする〈自力〉と、阿弥陀如来に身を委ねながら生きようとする〈他力〉の狭間で生きている自分、つまり「ちう位」のおらが春を受け入れ、自覚していくことにより、ありのままの我が身を大舞台の上で出していたのが、小林一茶という俳人であったということである。そして、そうした師一茶の精神に門人たちは共鳴し、師弟同行的な雰囲気の中で、俳諧を享受していたのである。

注

（1）信濃教育会編『一茶全集（第二巻）』信濃毎日新聞社、1977年、419〜518頁
（2）小林計一郎『小林一茶』吉川弘文館、1961年、120〜121頁
（3）信濃教育会編『一茶全集（第六巻）』信濃毎日新聞社、1977年、339頁
（4）信濃教育会編『一茶全集（第三巻）』信濃毎日新聞社、1976年、69頁
（5）同前書、99頁
（6）前掲『一茶全集（第六巻）』、142〜143頁
（7）同前書、340頁
（8）同前書、386頁。
（9）同前書、415頁。
（10）同前書、389頁。
（11）同前書、406〜407頁。
（12）信濃教育会編『一茶全集（別巻）』信濃毎日新聞社、1978年、239頁。
（13）信濃教育会編『一茶全集（第五巻）』信濃毎日新聞社、1977年、401〜402頁。
（14）同前書、53頁

あとがき

早いもので、小林一茶を研究して約40年になる。大学時代から今年還暦となるまで、よく続いてきたと自分ながら感心している。

もともと私は教育学を専門としている。一茶研究のきっかけは、これまで「文学」という視座から見られてきた小林一茶を、「教育」の視座から俳諧の教師として研究してもおもしろいのではないかという、素朴な考えからだった。

一茶を少しずつ調べていく中で、次々と興味深い研究テーマが浮かんできた。具体的には、農民出の一茶がどのような経緯で俳諧の教師（宗匠）となり、そのためにどのように学修をし、門人たちにどのように指導していたのか。また、その根底にある彼の境地や思想はどのようなものだったのか。さらに学校では一茶をどのような教材で教えてきたのだろうか、などである。

幸い一茶は、約2万句の俳句をはじめ、俳文、俳諧歌など数多くの作品を残していたので、研究するための史料には事欠かなかった。これらの史料と多くの先行研究書を手がかりとして、一茶の郷里である北信濃の柏原をはじめとするゆかりの地を四季を通して直接訪れ、彼の句や俳文を肌で感じながら研究を進めてきた。

この間、多く方々に指導・助言をいただいた。特に、俳人の金子兜太氏、国文学者の丸山一彦氏、郷土史家の小林計一郎氏、信濃町柏原の俳人清水哲氏、教育関係では大学の恩師である慶應義塾大学の村井実先生、田中克佳先生、宇都宮大学名誉教授の入江宏先生、そして一茶記念館の中村敦子氏、NHKディレクターの秋山ユカリ氏、NHK出版の久保田大海氏、には大変お世話になった。これまで幸運にも一茶関係の書物を5冊出版することができたのも、「俳諧教師小林一茶研究」で国民学術協会賞（中央公論社後援）をいただけたのも、また２０１４年1月から3月にNHKラジオ講座で講義できたのも、こうした方々のご支援があったからだと深く感謝している。

そして今回、本書は6冊目になる。この本を出版するにあたって、私にはこれまでとは違った特別な思いがあった。一つは、一茶の郷里の出版社であり、しかも自分の研究にあたって最もお世話になった『一茶全集』を刊行した信濃毎日新聞社から出版できるということである。もう一つは、今まで言い切れなかった一茶の真骨頂とも言うべき特徴を、自分としてはこの本で初めてまとめられたということである。これまで教師（宗匠）としての一茶の生涯と思想を中心に研究し、「一茶調」や「一茶らしさ」とは何かについて考え続けてきた中で、なかなか十分に納得いく表現ができないで今日まで来たような気がするが、今回、編集者の山崎紀子氏からいろいろと質問を受ける中で、改めて考える機会ができた。簡単に言えば、一茶が老いてもなお精力的に創作活動を続ける中で、「他力」と「自力」、人間の弱さと強さの狭間で生きることを素直に受け入れ、同じ生あるものと共存しながら生きていこうとした点にある。「ともかくもあなた任せ」と言って悟りきろうとしても、もう一方で「今年から丸儲け」「娑婆遊び」と悟りきれない人間。こうした理想と現実の狭間で苦しみもがきながら、したたかに生きようとする人間。それが一茶である。一茶は、このいわばパラドキシカルな人生観を、見事に句や俳文で私たちの前に描き出してくれたのである。

一茶研究は私のライフワークであり、今回、言い切れたと思ってもまたいろいろと考え続ける問題が出てくるに違いない。それを楽しみに、今後も一茶を研究していきたいと思う。

最後に、本書の出版にあたり信濃毎日新聞社出版部の山崎紀子氏と写真等を快く提供して下さった一茶記念館の学芸員の中村敦子氏には、いろいろご無理を申し上げながら最後まで大変お世話になった。ここに心より深く感謝したい。

2015年9月

渡邊　弘

小林一茶の生涯［略年譜］

宝暦13年（1763）1歳　5月5日、北信濃柏原で生まれる
明和2年（1765）3歳　8月17日、母くに没す
明和7年（1770）8歳　継母さつ、倉井から来る
安永1年（1772）10歳　5月10日、弟仙六（専六とも書く）生まれる
安永5年（1776）14歳　8月14日、祖母かな没す（66歳）
安永6年（1777）15歳　春、江戸へ出る
天明7年（1787）25歳　葛飾派二六庵竹阿に入門
天明9年（1789）27歳　今日庵元夢の執筆をつとめる
寛政3年（1791）29歳　江戸に出てはじめて帰郷する（『寛政三年紀行』はこの年の記録）
寛政4年（1791）30歳　京、大坂、四国、九州の旅をする（『寛政句帖』は寛政4年初めから寛政6年末までの句）
～10年（1798）36歳
寛政11年（1799）37歳　正式に二六庵を継ぐ
寛政12年（1800）38歳　今日庵元夢没す
　この頃、大坂で発行された俳人番付に、東方の下から二段目最初に「前頭江戸一茶」として出る
享和元年（1801）39歳　柏原にて父の看病をする。父弥五兵衛没す（69歳）
享和2年（1802）40歳　（『享和句帖』はこの年4月11日から12月11日までの句日記）
文化元年（1804）42歳　（『文化句帖』はこの年初めより文化5年5月3日までの句日記）
文化5年（1808）46歳　弟仙六と亡父の遺産を折半する約束をし、「取極一札之事」を村役人に差し出す
文化7年（1810）48歳　（『七番日記』はこの年初めから文化15年（文政元年）に至る句日記）
文化9年（1812）50歳　11月、柏原に帰郷定住する

文化10年（1813）51歳　遺産相続問題が解決する
文化11年（1814）52歳　4月、きく（28歳）と結婚する
文化13年（1816）54歳　4月、長男千太郎誕生
　5月、千太郎没す
文化15年（1818）56歳　5月、長女さと誕生
文政2年（1819）57歳　6月、長女さと没す（『八番日記』はこの年初めより文政4年末に至る句日記・『おらが春』はこの1年の句文集）
文政3年（1820）58歳　10月、二男石太郎誕生
　12月、『俳諧寺記』を書く
文政4年（1821）59歳　1月、石太郎没す
文政5年（1822）60歳　3月10日、三男金三郎誕生（『文政句帖』はこの年初めより文政8年末に至る句日記）
文政6年（1823）61歳　5月、妻きく没す
　12月、金三郎没す
文政7年（1824）62歳　5月、飯山の田中ユキと再婚する
　8月、離縁
文政9年（1826）64歳　8月、越後二俣のやを（31歳）と再婚する
文政10年（1827）65歳　6月1日、柏原大火、類焼にあう
　11月19日、一茶、土蔵の仮住まいにて没す

参考文献一覧

【小林一茶関係】

信濃教育会編『一茶全集（全八巻・別巻一）』信濃毎日新聞社、１９７６年〜１９７８年
清水孝之・栗山理一編『日本古典文学鑑賞第33巻 蕪村・一茶』角川書店、１９７６年
栗山理一・丸山一彦校注『蕪村集・一茶集』小学館、１９８３年
栗山理一『小林一茶』筑摩書房、１９７０年
金子兜太『小林一茶』講談社、１９８０年
金子兜太『一茶』日本放送出版協会、１９８６年
金子兜太『一茶俳句集』岩波書店、１９８３年
金子兜太『小林一茶』小沢書店、１９８７年
丸山一彦『一茶秀句選』評論社、１９７５年
丸山一彦『小林一茶』桜楓社、１９６４年
矢羽勝幸『一茶大事典』大修館書店、１９９３年
矢羽勝幸『一茶の総合研究』信濃毎日新聞社、１９８７年
矢羽勝幸『信濃の一茶』中央公論社、１９９４年
宮沢義喜・宮沢岩太郎編『俳人一茶』松邑三松堂、１８９７年
宮沢義喜・宮沢岩太郎編『俳人一茶（復刻版）』信濃毎日新聞社、１９９９年
小林計一郎『小林一茶』吉川弘文館、１９６１年
小林計一郎『俳人一茶』角川書店、１９６４年
前田利治『一茶の俳風』冨山房、１９９０年
松尾靖秋他編『一茶事典』おうふう、１９９５年
山下一海編『蕪村・一茶』角川書店、１９７６年
黄色瑞華『一茶の世界―親鸞教徒の文学―』高文堂出版社、１９９７年
青木美智男『一茶の時代』校倉書房、１９８８年
青木美智男『小林一茶〜時代を詠んだ俳諧師〜』岩波新書、２０１３年
清水哲・越統太郎『一茶の句碑』俳諧寺一茶保存会、１９８２年
加藤楸邨『一茶秀句』春秋社、１９６４年
一茶記念館編『一茶』一茶記念館、２００１年５月
マブソン青眼『江戸のエコロジスト一茶』角川学芸出版、２０１０年
松本猛・ちひろ美術館編『ちひろと一茶』信濃毎日新聞社、２００９年
山本鉱太郎『小林一茶なぞ・ふしぎ旅』崙書房、２０１３年

【俳諧関係】
井本農一他編『俳諧大辞典』明治書院、1957年
井本農一『季語の研究』古川書房、1981年
井本農一『連句読本』大修館書店、1982年
鈴木勝忠『川柳と雑俳』千人社、1983年
尾形　仂『座の文学』角川書店、1973年
尾形　仂『俳諧史論考』桜楓社、1977年
栗山理一『俳諧史』塙書房、1963年
金子兜太『俳句の本質』永田書房、1984年
金子兜太『俳句の現在』富士見書房、1989年
景浦　勉『伊予俳諧史』伊予史談会、1958年
松尾靖秋『近世俳人』桜楓社、1980年
松尾靖秋『俳句辞典（近世）』桜楓社、1977年
加藤郁乎『江戸の風流人』小沢書店、1980年
石川真弘編『夏目成美全集』和泉書院、1983年
村山古郷・山下一海編『俳句用語の基礎知識』角川書店、1984年

【歴史関係】
林屋辰三郎『化政文化の研究』岩波書店、1976年
日本史広辞典編集委員会編『日本史広辞典』山川出版社、1991年
西山松之助『西山松之助著作集第4巻近世文化の研究』吉川弘文館、1983年
西山松之助『江戸町人の研究（第1巻）』吉川弘文館、1972年
西山松之助編『江戸学辞典』弘文堂、1984年
西山松之助『蘇る江戸文化』NHK出版、1992年
西山松之助『〈江戸〉選書1江戸っ子』吉川弘文館、1980年
西山松之助先生古稀記念会『江戸の民衆と社会』吉川弘文館、1985年
高橋　敏『民衆と豪農』未来社、1986年
高橋　敏『近世村落生活文化史序説』未来社、1990年
高橋　敏『日本民衆教育史研究』未来社、1978年
高橋　敏『家族と子供の江戸時代』朝日新聞社、1997年
中村幸彦・西山松之助編『日本文学の歴史第8巻文化繚乱』角川書店、1967年
藤井譲治『日本の近世3　支配のしくみ』中央公論社、1991年
丸山雍成編『日本の近世6　情報と交通』中央公論社、1992年

丸山雍成『日本近世交通史の研究』吉川弘文館、１９８９年
葉山　禎編『日本の近世４　生産の技術』中央公論社、１９９２年
熊倉功夫編『日本の近世11　伝統芸能の展開』中央公論社、１９９３年
竹内　誠編『日本の近世14　文化の大衆化』中央公論社、１９９３年
竹内　誠『江戸と大坂』小学館、１９８９年
宮川　透『日本精神史の課題』紀伊国屋書店、１９８０年
長友千代治『近世貸本屋の研究』東京堂出版、１９８２年
石川英輔『泉光院江戸旅日記』講談社、１９９４年
津田左右吉『津田左右吉全集（第４巻）』岩波書店、１９６４年
津田左右吉『津田左右吉全集（第７巻）』岩波書店、１９６４年
津田左右吉『津田左右吉全集（別巻第５）』岩波書店、１９６４年
津田左右吉『津田左右吉全集（補巻２）』岩波書店、１９６４年
津田左右吉『文学に現はれたる我が国民思想の研究（７）』岩波文庫、１９７８年
傳田　功『豪農』教育社、１９７８年
宮本常一『庶民の旅』社会思想社、１９７０年
宮本常一『絵巻物に見る日本庶民生活誌』中公新書、１９８１年
北島　進『江戸の札差』吉川弘文館、１９８５年
木崎良平『光太夫とラクスマン―幕末日露交渉史の一側面―』刀水書房、１９９２年
宮地正人『幕末維新期の文化と情報』名著刊行会、１９９４年
小笠原長和・川村優『千葉県の歴史』山川出版社、１９７１年
杉田玄白・大槻玄沢『蘭学事始』岩波文庫、１９５９年
長沼村史編集委員会編『長沼村史』長沼村史刊行会、１９７５年
立川昭二『日本人の病歴』中公新書、１９７６年
永原慶二・山口啓二編『講座・日本技術の社会史第８巻　交通・運輸』日本評論社、１９８５年
源　了圓『徳川思想小史』中公新書、１９７３年
青木美智男『文化文政期の民衆と文化』文化書房博文社、１９８５年
樺山紘一『情報の文化史』朝日新聞社、１９８８年
芳賀　登『江戸情報文化史研究』皓星社、１９９６年
芳賀　登編『江戸事情―文化編―（第４巻）』雄山閣、１９９２年
芳賀　登『民衆史の創造』日本放送出版協会、１９７４年
内田武志『菅江真澄の旅と日記』未来社、１９７０年
小林計一郎監修『図説・北信濃の歴史（上巻）（下巻）』郷土出版社、１９９５年
小林計一郎『善光寺平』角川文庫、１９６７年

辻　達也『江戸時代を考える』中公新書、１９８０年
今田洋三『江戸の本屋さん』日本放送出版協会、１９７７年
鈴木敏夫『江戸の本屋（上）（下）』中公新書、１９８０年
小森陽一他編『岩波講座２近代日本の文化史　コスモロジーの「近世」』岩波書店、２００１年
津田秀夫『近世民衆運動の研究』三省堂、１９７９年
佐々木潤之介『近世民衆史の再構成』校倉書房、１９８３年
大石慎三郎・芳賀登・村上直・守谷尅久『民衆史入門』雄山閣、１９８６年
大石慎三郎『江戸時代』中公新書、１９７７年
児玉幸多・和歌森太郎監修『地方文化の日本史（６）（７）江戸と地方文化（一）（二）』文一総合出版、１９７８年
児玉幸多『近世農民生活史』吉川弘文館、１９５７年
児玉幸多『宿駅』至文堂、１９６０年
佐藤政男『北信濃の歴史』文献出版、１９７８年
北島正元『江戸時代』岩波書店、１９５８年
杉　仁『近世の地域と在村文化―技術と商品の風雅の交流―』吉川弘文館、２００１年
岩田みゆき『幕末の情報と社会変革』吉川弘文館、２００１年
大口勇次郎『徳川時代の社会史』吉川弘文館、２００１年
南　和男『江戸っ子の世界』講談社、１９８０年
土屋弼太郎『近世信濃文化史』信濃教育会出版部、１９６２年
古島敏雄『江戸時代の商品流通と交通』御茶の水書房、１９５１年。
古島敏雄・北島正元・津田秀夫他編『岩波講座日本歴史１２近世（４）（５）』岩波書店、１９６３年
中村真一郎『木村蒹葭堂のサロン』新潮社、２０００年
中野三敏『江戸文化評判記』中公新書、１９９２年
田中圭一『百姓の江戸時代』ちくま新書、２０００年
尾藤正英先生還暦記念会『日本近世史論叢（上巻）（下巻）』吉川弘文館、１９８４年
本田　濟『易』朝日選書、１９９７年
安岡正篤『易と健康（上）易とはなにか』ＤＣＳ、２００１年
市村佑一・大石慎三郎『鎖国＝ゆるやかな情報革命』講談社、１９９５年
佐藤常雄・大石慎三郎『貧農史観を見直す』講談社、１９９５年
福本和夫『日本ルネッサンス史論』法政大学出版局、１９８５年
朝日新聞社編『朝日人物事典』朝日新聞社、１９９０年
朝日新聞社編『朝日歴史人物事典』朝日新聞社、１９９４年
Ｒ．Ｐ．ドーア『江戸時代の教育』岩波書店、１９７０年
長野県教育史刊行会編『長野県教育史第３巻』信濃毎日新聞社、１９８３年

教育史学会機関誌編集委員会編『日本の教育史学 教育史学会紀要（第1集〜第43集）』教育史学会、１９５８年〜２０００年
古川 原『児童観人類学序説』亜紀書房、１９７９年
石川松太郎・直江広治編『日本子どもの歴史（3）－武士の子・庶民の子（上）－』第一法規、１９７７年
辻本雅史『「学び」の復権』角川書店、１９９９年
辻本雅史・沖田行司編『教育社会史』山川出版社、２００２年
津田秀夫『近世民衆教育運動の展開』御茶の水書房、１９７８年
江森一郎『「勉強」時代の幕あけ』平凡社、１９９０年
入江 宏『近世庶民家訓の研究』多賀出版、１９９６年
梅村佳代『日本近世民衆教育史研究』梓出版社、１９９４年
田中優子『江戸の想像力』筑摩書房、１９８６年
田中優子『連』河出書房新社、１９９１年
田中優子『江戸はネットワーク』平凡社、１９９３年
目加田誠『新釈詩経』岩波書店、１９５４年

【その他】
諸橋徹次他編『廣漢和辞典（上）（中）（下）』大修館書店、１９８１年
信濃毎日新聞社開発局出版部編『長野県百科事典』信濃毎日新聞社、１９７４年
尚学図書編『国語大辞典』小学館、１９８１年
松村 明『大辞林』三省堂、１９９８年
新村 出編『広辞苑』岩波書店、１９５５年
国史大辞典編集委員会編『国史大辞典（全15巻）』吉川弘文館、１９７９年
『日本史大事典（全4巻）』小学館、２０００年
江戸東京湾研究会編『江戸東京湾事典』新人物往来社、１９９１年
宮腰賢・桜井満編『全訳古語辞典』旺文社、１９９０年
和辻哲郎『風土』岩波文庫、１９７９年
斉藤正二『日本人と植物・動物』雪華社、１９７９年
水上 勉・広中平祐『素心・素願に生きる』小学館、１９８９年
奥井一満『五分の魂』平凡社、１９９２年
岩田慶治『アニミズム時代』法蔵館、１９９３年
五木寛之『無力』新潮新書、２０１３年

渡邊　弘（わたなべ・ひろし）

1955年栃木県大田原市生まれ。

慶應義塾大学大学院社会学研究科教育学専攻博士課程中退。1994年「俳諧教師小林一茶研究」により国民学術協会賞。2003年、同研究で慶應義塾大学より博士（教育学）の学位取得。宇都宮大学教育学部教授（学部長、研究科長）などを経て、2014年から作新学院大学人間文化学部教授（学部長）。

専門は教育学、日本教育思想史、道徳教育。

主な一茶関連の著書に『一茶とその人生』（NHK出版）『一茶社中と俳諧指導の特質－「長沼連」を中心に－』（渓水社・共著）『俳諧教師小林一茶の研究』（東洋館出版社）『一茶・小さな〈生命〉へのまなざし－俳句と教育－』（川島書店）『小林一茶－「教育」の視点から－』（東洋館出版社）ほか。

地図、帯デザイン　庄村友里
編集　山崎紀子

Shinmai Sensho
信毎選書　17

「ちゅうくらい」という生き方
俳人一茶の思想はどこからきたか

2015年11月19日　初版発行

著　　者　渡邊　弘
発　　行　信濃毎日新聞社
〒380-8546　長野市南県町657
TEL026-236-3377
https://shop.shinmai.co.jp/books/
印刷所　大日本法令印刷株式会社

ISBN978-4-7840-7275-0 C0395

定価はカバーに表示してあります。

乱丁・落丁本は送料弊社負担でお取り替えいたします。